GTB
Gütersloher Taschenbücher
842

Lust auf Leben!

Michael Höhn

Gütersloher Verlagshaus

Originalausgabe

Höhn, Michael:
Lust auf Leben! / Michael Höhn. –
Orig.-Ausg. – Gütersloh : Gütersloher Verl.-Haus, 1997
(Gütersloher Taschenbücher ; 842)
ISBN 3-579-00842-0
NE: GT

ISBN 3-579-00842-0

Umschlaggestaltung: INIT, Bielefeld, unter Verwendung eines Fotos von Jan Knoff, Osnabrück
Satz: Weserdruckerei Rolf Oesselmann GmbH, Stolzenau
Druck und Bindung: Clausen & Bosse, Leck
Gedruckt auf chlorfrei gebleichtem Werkdruckpapier
Printed in Germany

INHALT

Eine Art Vorwort

Manchmal fühle ich mich nicht gut. Schon am Morgen spüre ich, daß der Tag nicht gut anfängt. Meine Glieder tun mir weh. Meine Schule, meine Arbeit – alles ödet mich an. Jedes Gespräch ist mir zuviel. Niemand scheint mich zu verstehen. Ich selber weiß oft nicht, warum das so ist. Und dann verlasse ich schlechtgelaunt das Haus. Das fängt ja gut an...
Wie stellst du dir deine Zukunft vor, fragen mich manchmal die Leute und ich weiß keine Antwort darauf. Was machst du in der Freizeit, fragen sie.
Oft sprühe ich vor Lust, habe »Bock« auf alle möglichen Dinge, die ich mir in Gedanken ausmale. Und dann habe ich plötzlich wieder keinen Mut und denke: »Das schaffst du doch nicht, die Schulnoten sind nicht besonders, den Schulabschluß schaffe ich vielleicht gerade so, ob ich einen Lehrvertrag oder einen Studienplatz bekomme, steht auch in den Sternen. Und meine Freundschaft mit … ist gerade zu Ende gegangen. Was will ich also noch?
Und wenn es dann zuviel wird: Ich habe auch schon mal mit Selbstmordgedanken gespielt.
Aber dann gibt es auch ganz andere Erfahrungen, die ich gemacht habe. In der Schule hatte ich ein gutes Gespräch mit meinem Vertrauenslehrer. Im Schulbus saß eine alte Frau und erzählte mir ein Stück aus ihrem Leben. Dann traf ich Dubbel, den ich nie vergesse. Meine Mutter hat mich völlig unerwartet zu einem neuen Film eingeladen. In der Disko habe ich einen sehr netten Jungen kennengelernt, der anders war als die anderen. Er will mich wiedersehen.
Letzte Woche hat sich mein Freund mit dem Moped totgefahren. Der Freund meiner Schwester hat sich freiwillig zum Bund gemeldet. Ob das gut geht, wenn sie irgendwo in der Welt zu Kampfeinsätzen geschickt werden?
Bei allem, was ich so an schlimmen Sachen erlebe, frage

ich mich manchmal: Habe ich eigentlich Lust auf dieses Leben? Und mehr als einmal lautet meine Antwort: Nein. Jedenfalls im Augenblick nicht.
Wenn ich aber genau überlege, gibt es in meinem Leben auch eine ganze Menge guter Erfahrungen, Dinge, die mir Spaß machen, Sachen, die ich richtig gut finde. Was ist das eigentlich, was mir Lust auf Leben macht?

Dieses Selbstgespräch eines Jugendlichen habe ich erfunden. Und doch ist es ganz wirklichkeitsnah. Denn jede einzelne dieser Äußerungen habe ich von sehr verschiedenen jungen Leuten gehört.
Immer wieder sind wir in Gesprächen, die ich als Pfarrer und Religionslehrer in einer Berufschule mit jungen Menschen geführt habe, darauf gestoßen, daß es im Leben nicht immer nur Glück geben kann. Wir haben herausgefunden, daß die dunklen Seiten des Lebens ebenso dazugehören wie die Sonnenseiten. Ja, manchmal sind es sogar die ganz schmerzhaften Erfahrungen, an die wir uns besonders gut erinnern. Und die uns zeigen, was Leben heißt. Und daß man trotzdem Lust darauf haben kann.
So wie Kerstin, die als Elfjährige überall Geld für ihre Lieblingskuh sammelte, um sie – voller Hoffnung – vor dem Schlachthaus zu retten. Als sie 50 Mark zusammenhatte, brachte der Bauer das Tier zum Schlachten. Von dem Tag an war Kerstin Vegetarierin: sie aß keinen Bissen Fleisch mehr. Kerstin war 18, als sie davon erzählte, doch es klang so, als sei alles erst gestern geschehen. »Ich setze mich seither auch gegen Tierversuche aller Art ein«, sagt sie lächelnd. »Man muß doch etwas gegen diesen Wahnsinn tun. Und es macht auch Spaß, wenn man auf dem Weg Leute findet, die so denken und handeln wie du selbst.«
Noch ein letzter Anstoß: Mein Freund Gerhard Jenders ist Lehrer. »Am Ende des Schuljahres«, erzählte er mir, »hat meine Klasse Abschied gefeiert. Ich hatte das Lied »Forever young« des bekannten amerikanischen Sängers Bob Dylan mit eigenen Worten übersetzt. Als ich es vorgetragen hatte, liefen nicht nur mir die Tränen.« Hier ist es:

Forever Young

Ich wünsch dir immer Gottes Segen,
deine Träume werden wahr.
Sei du immer da für andre
so wie andere für dich.
Bau dir ´ne Leiter zu den Sternen
und steig hinauf so hoch du kannst,
denn dann bleibst du jung
dein Leben lang.

Werde groß und sei großzügig,
werde groß und bleib dir treu.
Erkenne immer das, was wahr ist
und sieh das Licht, das für dich scheint.
Sei mutig und ehrlich,
steh aufrecht und sei stark,
denn dann bleibst du jung
dein Leben lang.

Laß deine Händen niemals ruhen,
halt deine Füße stets in Schwung,
doch steh dann auf festem Boden,
wenn der Wind mal kälter bläst.
Daß dein Herz stets voller Freude ist,
daß dein Lied die Welt erfüllt,
das wünsch ich dir
dein Leben lang,
denn dann bleibst du jung
dein Leben lang.

Solche Lust am Leben wünsche ich allen Lesern dieses Buches.

Michael Höhn

ANTI-ANGST-RALLYE

Ich will etwas tun gegen meine Angst

Irgend etwas bedroht dich. Du weißt nicht genau, woher dieses Gefühl kommt. Aber es ist da und du bekommst es nicht weg. Vielleicht kannst du deshalb nicht mehr schlafen, vielleicht verfolgt es dich auch am Tag. Wenn du ein solches unbestimmtes, manchmal grundloses Gefühl des Bedrohtseins hast, dann hast du wahrscheinlich Angst.

Es gibt eine Menge von Angstzuständen, von der schleichenden Angst vor jeder Klassenarbeit bis hin zur panischen Angst vor dem Jahreszeugnis. Einer hat Angst über einen leeren Platz zu gehen, eine andere hat Angst vor Spinnen, ein dritter bekommt Panik im engen Aufzug. Sicher, es gibt auch Angst, die mich schützt: Wenn ich z.B. Angst habe, von einer hohen Brücke in trübes Wasser zu springen, dann rettet diese Angst vielleicht mein Leben. Woher weiß ich denn, daß das Wasser an dieser Stelle nicht zu flach ist für meinen Sprung?

Kein Mensch kann eindeutig erklären, woher diese unterschiedlichen Ängste kommen. Eins steht jedoch fest: Angst ist eines der großen Probleme unseres Jahrhunderts und sie verbreitet sich in ihren verschiedenen »Spielarten« immer mehr, unter jungen Menschen ebenso wie unter älteren.

Ich frage mich:

- Ich traue mich nicht, über meine Ängste zu sprechen. Mit wem kann ich darüber reden, ohne daß sie/er mich auslacht?
- Muß ich mich mit meiner Angst abfinden, oder kann ich etwas dagegen unternehmen?

Mögliche Antworten

Die meisten Jugendlichen, mit denen ich spreche, reden nicht gern über ihre Angst. Heute gilt es, cool zu sein, keine Schwächen und noch weniger irgendwelche Ängste zu zeigen, denn sonst hacken womöglich alle auf einem herum. Cool sein heißt aber in Wirklichkeit: eine Maske tragen. Hinter der Maske kann ich meine angsterfüllten Augen verbergen. Hinter der coolen Maske sieht man mein Zittern nicht und auch nicht meine Tränen. Aber sie sind da, meine Ängste. Und manchmal wünsche ich mir, daß endlich einer kommt, bei dem ich die Maske fallen lassen und so sein kann wie ich wirklich bin, mit allen meinen Ängsten. Vielleicht ist es gut, wenn du dir einen Menschen suchst, zu dem du Vertrauen hast und bei dem du dich aussprechen kannst. Vielleicht ist das ja sogar in deiner Klasse möglich.
Wir haben vor kurzem eine wunderbare Erfahrung gemacht. Im Religionsunterricht kamen wir auf unsere Angst zu sprechen. Alle erzählten ganz offen etwas von ihrer besonderen Angst.
Als Silke an die Reihe kam, schwieg sie erst, danach bekam sie einen roten Kopf, dann – mit einem Mal sprang sie unerwartet auf, die schweigsame Silke, und rief in die Klasse hinein: »Ich bin es jetzt satt, ich will nicht immer nur dasitzen und nichts sagen.« Wir alle waren mehr als verblüfft, kannten wir Silke doch als ruhiges und eher schüchternes Mädchen, das selten auch nur ein Wort herausbrachte. Und nun dieser Ausbruch. In der Klasse flogen die Sätze hin und her.
Nachdem wir uns gefangen hatten, sagte Silke noch: »Ich habe

immer Angst etwas zu sagen, weil ich glaube, daß die Leute mich wegen meiner Sprache auslachen. Die hören doch, daß ich aus Rußland komme. Deshalb gucke ich auch zu Boden, wenn mich einer anspricht.«

Mir gefiel Silkes unerwartete Offenheit sehr gut und ich fragte sie, ob sie etwas gegen diese Angst tun wollte. »Ja«, antwortete sie. »Ich möchte gern so lange üben, bis ich allen Menschen gegenüber ganz frei reden kann.«

»Gut«, sagte ich, »dann könntest du eine *Anti-Angst-Rallye* machen, einverstanden?« Sie nickte ein wenig unsicher. Dann ging ich zur Tafel und schrieb zwei Worte an: »Start« und »Ziel«. »Hier bei ›Start‹ bist du im Augenblick, Silke. Neben ›Start‹ schreibe ich: Angst vor offenem Auftreten und Reden.« Dann zog ich einen langen Kreidestrich zum »Ziel« hin. »Und dahin möchtest du kommen: Frei und offen zu allen Menschen reden.« Silke nickte wieder heftig. »Aber das schaff′ ich doch nie. Das ist viel zu schwer für mich.«

»Klar«, gab ich zur Antwort, »mit einem Sprung schaffst du das auch nicht. Das ist schon ein längerer Weg dorthin. Aber die ganze Klasse hilft dir dabei.«

Und dann schlug ich ihr vor, was sie machen könnte. Sie sollte sich zuerst ein kleines Heft kaufen. Darin sollte sie auf der ersten Seite die Tage dieser Woche notieren – Montag bis Freitag. Darüber sollte sie ihre Rallye-Aufgabe für diese Woche notieren: Ich spreche einen Fremden an. Für jeden Fremden, den sie auf der Straße, im Bus oder im Kaufhaus ansprach, nach dem Weg, nach der Uhrzeit oder nach irgend etwas anderem fragte, durfte sie sich an dem betreffenden Tag der Woche ein Plus anschreiben.

In der nächsten Woche zeigte sie uns ihr Heftchen mit den Pluspunkten und berichtete über ihre Erfahrungen, die guten und die weniger gelungenen. Das tat sie von da ab jeden Dienstag und wir fanden mit der ganzen Klasse gemeinsam neue, schwerere Aufgaben für Silke, die sie in der folgenden Woche lösen sollte.

Mitte Januar hatten wir mit der Anti-Angst-Rallye begonnen. Am Tag vor den Osterferien hielt Silke uns ein Referat über »Osterbräuche in Rußland« – stehend, ohne irgendein Hilfsmittel und fast zwanzig Minuten lang, klar und deutlich. Am Ende schenkte sie jedem von uns eine Osterspezialität aus Rußland: ein Osterei im Kuchenteig. Wir alle waren begeistert. Unser Beifall für Silke dauerte länger als eine Minute.

Der Mutmach-Pfennig

Die junge Lehrerin war bei den meisten Schülerinnen und Schülern ihrer Schule sehr beliebt. Einerseits verlangte sie eine ganze Menge an Leistung von ihren Klassen, zum anderen hatte sie immer ein offenes Ohr für die Sorgen der Schüler. Sie wirkte meistens ruhig und ausgeglichen. Bis der Tag ihrer Prüfung nahte. Nun sollte sie von den Damen und Herren der Schulaufsicht geprüft werden, ob sie als Lehrerin fürs Leben taugte. Schon an den Tagen zuvor war den Schülern aufgefallen, daß sie nervös hin- und herlief, bei Fragen der Schüler falsche Antworten gab oder sich unkontrolliert durch die Haare fuhr.

In der Pause lief sie auf dem Schulhof umher, sah niemanden an und rauchte eine Zigarette nach der anderen. Dirk hatte sie die ganze Zeit beobachtet. Dirk war in der sechsten Klasse und ein miserabler Schüler. Als der Pausengong ertönte, lief er rasch auf seine Lehrerin zu. »Ja, was ist?« fragte sie genervt. Dirk sagte nichts, zog etwas aus der Hosentasche und gab es ihr. »Sie haben doch gleich Prüfung,« sagte er. Sie nickte heftig. »Das hier ist mein Mutmach-Pfennig. Mir hilft er auch immer. Ich denke an Sie, wenn Sie gleich geprüft werden.« Dann wandte er sich um und ließ die verdutzte Lehrerin stehen. Sie hat übrigens die Prüfung bestanden.

Diese kleine Geschichte hat mir meine Kollegin Gaby Kramer erzählt. Den Mutmach-Pfennig trägt sie noch heute in ihrem Portemonnaie.

COMPUTER & INTERNET

Computer [kÇm'pju:tÖ]; Sammelbegriff für elektron., programmierbare Datenverarbeitungssysteme unterschiedl. Leistungsfähigkeit u. Techniken. Einen Computer zeichnen drei Eigenschaften aus: 1. er kann rechnen, 2. er kann Programme u. Daten speichern, 3. er kann Entscheidungen fällen u. dadurch den Programmablauf steuern.
Ein arbeitsfähiger Computer, Computersystem genannt, besteht aus Hardware u. Software. (...) Zur Bedienerfreundlichkeit eines Computers trägt entscheidend die Software bei (...). Die Anwendersoftware ist schließl. das Element, das dem Computersystem die reale Aufgabe mitteilt u. es dazu veranlaßt, das konkrete Problem zu lösen. Sie wird entweder selber erstellt oder im Handel bezogen.
(Bertelsmann Universallexikon 1997)

Seit etwa 50 Jahren werden immer mehr Computer eingesetzt, um sie mit Informationen (=Daten) zu füttern und diese entsprechend weiterzuverarbeiten. Um den Wunsch vieler Menschen nach mehr Information und Austausch untereinander zu erfüllen, knüpfte man ein elektronisches Netz, das inzwischen die ganze Welt umspannt - das Internet.
Über dieses internationale Netz kann man mit Hilfe von Computern, die mit einem Modem in die Telefonleitungen »eingeklinkt« werden, z.B. elektronische Post, Musik, Sprache und Texte, ja sogar bewegte Bilder rund um die Welt schicken. Manche nennen diesen Weg, auf dem die Informationen blitzschnell um die Erde kreisen können, eine »Datenautobahn«. Besser spricht man vielleicht von einem Streckennetz wie bei der Bundesbahn. Man »kauft« sich eine Fahrkarte - z.B. bei der Telekom - und kann nun auf diesem Streckennetz der Informationen »mitfahren.«
Im Internet kann man u.a. sofort mit Menschen in anderen Erdteilen Kontakt aufnehmen, sich fortbilden oder auch spielen.

Ich frage mich:

- Schön und gut, was da im Lexikon unter »Computer« zu finden ist, aber was kann ich im täglichen Leben damit anfangen?
- Ich habe davon gehört, daß es Gruppen von Jugendlichen gibt, die mehr mit ihrem PC machen als immer nur die gleichen öden Spiele, stimmt das?

Mögliche Antworten

Zwei Beispiele fallen mir ein, wo Jugendliche den eigenen PC nicht nur für sich selber im »stillen Kämmerlein« nutzen, um daran zu spielen, sondern wo sie den Computer gemeinsam mit anderen für sich und andere einsetzen.

Beispiel eins

»Anti-Türken-Test«, »Hitler-Diktator« oder »KZ-Manager« sind einige Namen der Computerspiele, die vor ein paar Jahren von vielen Jugendlichen unter der Hand auf Schulhöfen oder in der Clique getauscht wurden. Wie die Titel schon sagen, handelte es sich bei diesen Spielen um üble Machwerke, in denen zum Rassenhaß aufgerufen und die Hitlerdiktatur bis hin zu den Massenvernichtungslagern verharmlost oder sogar verherrlicht werden. Neonazis nutzten so das technische Interesse von Jugendlichen, um mit dieser Software ihre menschenverachtenden Gesinnungen zu verbreiten. Und viele Jugendliche probierten die verbotenen Spiele auf ihrem Computer auch aus.

Politiker, Erzieher und Eltern schlugen zwar Alarm, aber viel geschah nicht.
Ganz anders die Gruppe von türkischen, italienischen und deutschen Jugendlichen in Köln. Sie wollten nicht nur reden, sondern auch etwas tun. Und so gründeten sie den internationalen Computerclub »Chip-Generation-Club«. Die Jugendlichen sind zwischen 16 und 25 Jahren alt. Ihr Ziel ist der »Einsatz der Compis für Völkerverständigung, Frieden, Demokratie und Umwelt«. Sie stellten mit Hilfe ihrer Computer Kontakte in andere europäische Länder her und tauschten sich mit Jugendlichen aus Italien, Frankreich, Großbritannien und Griechenland über jugendgefährdende Computersoftware aus.
Es kam auch zu persönlichen Treffen der Jugendlichen aus ganz Europa. Die sehr gut gemachte Zeitschrift »Chip-Generation« beschäftigt sich nicht nur mit technischen und fachlichen Fragen zum Computer, sondern auch mit aktuellen gesellschaftlichen und politischen Ereignissen wie den Folgen der deutschen Vereinigung oder mit Fragen und Problemen des Zusammenlebens von deutschen und »ausländischen« Kindern und Jugendlichen.

Eine gute, mutmachende Aktion, die Nachahmer unter den Computerfreaks finden sollte!

Beispiel zwei

Es kann schon spannend sein, wenn man die Titelgeschichte der Zeitschrift »SPIEGEL« schon vorab auf dem Bildschirm seines Computers lesen oder das geheimnisvolle Lächeln der Mona Lisa im Pariser Louvre auf dem Farbmonitor betrachten kann. Per Computer ist es aber auch möglich, in Büchern herumzublättern, die in keiner deutschen Biblio-

thek stehen, Nachrichten aus allen Teilen der Welt zu empfangen oder mit einem Klick auf die Maus rund um die Welt mit Menschen in Kontakt zu treten.
Das ist keine Zauberei, sondern möglich, wenn man einen neueren Computer hat und dazu ein Modem, das den PC mit der Telefonleitung verbindet. Der Zugang zum Internet erlaubt es dann, im größten Datennetz der Welt zu »surfen«. Da das natürlich auch eine nicht ganz billige Angelegenheit ist, hat sich in meiner Nähe eine Gruppe junger Leute zusammengetan und kurzerhand einen Verein gegründet. Sie nennen sich »Welt am Draht« und eins ihrer Ziele ist es, die »internationale Kommunikation mittels elektronischer Medien« zu fördern.
Aber auch die Kontakte im Nahbereich zwischen verschiedenen Bevölkerungsgruppen zu verbessern, gehört mit zu ihren Zielen. Dieses Hobby macht den inzwischen mehr als 60 Mitgliedern offenbar großen Spaß. Viele Stunden ihrer freien Zeit verbringen sie damit, ihre Anlagen in Ordnung zu halten, Erfahrungen auszutauschen, aber auch Neulingen gute Tips weiterzugeben.

Na, machen dir diese Anregungen Appetit auf eigene, ähnliche Aktionen?

DANK
an das Leben

»Danke schön«, meint Jens und steckt lächelnd die zehn Mark ein, die seine Oma ihm als Sonntagsgeld gegeben hatte.
»Danke, daß du mir bei den Hausaufgaben geholfen hast«, sagt Evelyn zu ihrer Mutter und umarmt sie.
Wir haben alle schon einmal »Danke« gesagt. Manchmal fällt uns das leichter, oft fällt es uns auch schwer. Das hängt ganz von der Person ab, bei der wir uns zu bedanken haben.
Dank »bezeichnet das Gefühl der Verpflichtung für eine erwiesene Güte oder Wohltat« heißt es kurz und knapp im »Deutschen Wörterbuch« der Brüder Grimm.

Ich frage mich:

- **Muß ich mich eigentlich bei anderen für alles bedanken? Das meiste habe ich mir doch schließlich selbst zu verdanken.**
- **Ist Dank nicht oft nur eine höfliche »Lüge«?**
- **Hab' ich nicht recht: Nur Schwächlinge bedanken sich dauernd?**

Mögliche Antwort

Im Frühjahr 1995 waren wir mit einer kleinen Delegation von Freunden zu Besuch auf der Insel Ometepe im Großen Nicaragua-See. Wir wollten dort den Fortgang eines Entwicklungshilfeprojekt be-

sprechen und hatten zu diesem Zweck in einem uralten, klapprigen Landrover eine Rundreise um die Vulkaninsel unternommen. Als wir den Jeep starten, beginnt es plötzlich unter dem Lenkrad zu qualmen. Wir vermuten zurecht einen Kurzschluß in der Zündung. Meine Mitfahrer, beide Zahnärzte, beheben das Problem gekonnt mit einem viel zu großen Fahrtenmesser. Als Melida in den Motorraum sieht, bemerkt sie, daß der Bremsflüssigkeitsbehälter offenbar nicht ganz dicht ist. Ärgerlich wirft sie die gelbe Plastikflasche ins Gelände. Leer. Wir fahren mit offener Elektrik weiter, nicht ahnend, daß wir bald wieder umkehren müssen, weil die Straße um den Vulkan – angeblich, wie sich später herausstellt – noch nicht ganz fertiggebaut ist. Kurz hinter Las Palmas wenden wir und treten die Rückfahrt an. Es ist morgens ungefähr zwanzig Minuten vor zehn.
Auf einer Straßenkuppe, von der die neugebaute Schotterstraße ein paar hundert Meter steil nach unten führt, stelle ich entsetzt fest, daß die Bremse bis zum Anschlag durchzutreten ist und keine Wirkung zeigt. In Bruchteilen von Sekunden entscheide ich, den Wagen an die Böschung auf der rechten Straßenseite zu fahren, um ihn zu stoppen, bevor er zuviel Fahrt aufgenommen hat.
Der erste Versuch mißlingt, weil die Böschung nicht steil genug ist. Der Jeep fährt mit dem rechten Vorderrad die Böschung hoch und der Wagen droht, sich nach links zu überschlagen. Die Mitfahrenden haben noch nicht begriffen, was los ist. Und ich habe alle Hände voll zu tun, den Wagen zum Halten zu bringen. Ich steuere nach links auf den Straßenrand zu, um dann das Steuer herumzureißen und so einen besseren Aufprallwinkel zu finden. Links der Straße führt eine steile Böschung hinab. Als ich das Steuer nach rechts herumreiße, fährt der Landrover fast frontal auf die Böschung zu. Obwohl die Geschwindigkeit nicht höher als 30 Stundenkilometer sein kann, prallt der Wagen wie ein Gummiball zurück, statt zum Stehen zu kommen. Mit dem Heck voran rollen wir die Böschung hinab, begleitet von Melidas entsetzten Schreien. Alles läuft ab wie der Zeitlupen-Stunt in einem Action-Film. Durch die Rechtsdrehung des Steuers bleibt der Wagen am Hang und wird erst von einem Zaun, dann nach etwa zwanzig Metern von gnädigen Büschen gestoppt, die der liebe Gott für uns dort hingepflanzt haben muß.

Nach ersten Schreck- und Schocksekunden tasten wir uns ab: Gott sei Dank – wir leben alle noch. Und wie durch ein Wunder ist keinem von uns ein Haar gekrümmt worden. Nicht auszudenken, was geschehen wäre, wenn der Landrover auf der steilen Schotterpiste erst einmal in Fahrt gekommen wäre...
Campesinos von einem unterhalb gelegenen Feld begrüßen uns freundlich unter den Lebenden, und schlagen uns dann mit ihren Macheten einen Pfad durch das Gestrüpp frei. Im ersten Gang mit Untersetzungsgetriebe zuckelt der Jeep wie ein Panzer durchs Gelände und schafft es sogar, in einem großen Bogen durch den geöffneten Zaun wieder auf die Schotterpiste zurückzufahren. Ein gutes Dutzend Campesinos freut sich mit uns, daß dieser schlimme Unfall so glimpfliche Folgen für uns hatte.
Als Melida dem ältesten der Männer 50 Cordoba als unseren Dank für ihre freundliche Hilfe anbietet, gibt es ein kurzes Palaver. Schließlich bringt der Älteste den Geldschein mit einem stolzen, aber freundlichen Lächeln zurück. Nein, sagt er, für diese selbstverständliche Hilfe wollten sie kein Geld annehmen. Dabei hätte es jeder der Männer bei einem Stundenlohn von 2 $^1/_2$ Cordoba (ca. 0,50 DM) dringend brauchen können...
Mit eingeschaltetem Untersetzungsgetriebe fahren wir dann im beschleunigten Schrittempo heimwärts. Froh, wenn uns vor einer Kurve oder auf einem Hügel keiner entgegenkommt. Ein nervenaufreibendes Fahren, immer mit dem Gedanken, daß der Landrover nur zu stoppen ist, wenn Choke und Schlüssel sofort betätigt werden, um ihn mit dem Getriebe herunterzubremsen.
Als wir am Strand schließlich an der Finca Santo Domingo aussteigen, sind wir uns alle dessen bewußt, was Alcides später so ausdrückt: *»Wir sind gehalten worden«*. Wir stoßen mehrmals an diesem Tag auf das neu geschenkte Leben an: »Gracias a la Vida« – Danke an das Leben. Auf einer Kassette singt die Sängerin Mercedes Soza dieses Lied zu unserem neugeschenkten Leben.

Kraft-Verse

Ich höre nicht auf daran zu glauben,
daß die Menschen von Natur aus gut sind.
Anne Frank

Kraft kommt nicht aus körperlichen
Fähigkeiten. Sie entspringt unserem
unbeugsamen Willen.
Mahatma Gandhi

Erst aus Zweifeln und Ängsten
entsteht schließlich Mut.
Carola Stern

Geh nicht den ausgetretenen Pfad.
Geh lieber dort, wo noch kein Pfad ist –
und hinterlasse eine Spur.
Unbekannter Verfasser

Wenn du einen Freund suchst,
dann sei ein Freund.
Unbekannter Verfasser

Viel Kälte ist unter den Menschen,
weil wir nicht wagen,
uns so herzlich zu geben wie wir sind.
Albert Schweitzer

Der liebe Gott sieht alles,
aber er verpetzt uns nicht.

ELTERN
Ein lästiges Übel?

Die elterliche Sorge ist das Recht und die Pflicht der Eltern, für das minderjährige Kind zu sorgen.

(Bertelsmann Universallexikon 1997)

Mutter, Vater, Kinder – ist das Familie? Oder das: Mutter und Tochter? Oder das: Vater und Sohn?

Einige Stimmen dazu:

- »Familie ist, wo man nicht rausgeschmissen wird.«
  Ein Kind aus dem Heim

- »Die Familie gewährt dem Menschen jene Liebe und Sicherheit, in der das Urvertrauen zu Mitmenschen

Zeichnung: Erich Rauschenbach

wächst. Und dieses Vertrauen ist die Voraussetzung für seine freie Entfaltung.«

Ein Verhaltensforscher

- Die Familie ist die natürliche und grundlegende Zelle der menschlichen Gesellschaft und hat Anspruch auf den Schutz durch Gesellschaft und Staat.

Erklärung der Menschenrechte der UN

Ich frage mich:

- **Ich bin 15. Seit über einem Jahr habe ich dauernd Streß mit meinen Eltern. Ist das eigentlich normal?**
- **Wie kann ich ein besseres Verhältnis zu meinen Eltern bekommen?**

Zwei unterschiedliche Antworten

Ich habe die Erfahrung gemacht, daß Eltern von 13 bis 20jährigen Jugendlichen ziemlich empfindlich und leicht erregbar sind. Sie brausen wegen jeder Kleinigkeit auf, verbieten einem jede Freude und schreien genervt ihre Kinder an. Das ist ganz normal für Eltern in diesem fortgeschrittenen Alter. Man muß als Jugendlicher einfach cool darauf reagieren und offen mit ihnen umgehen. Dabei ist es nicht verkehrt, ihnen ihr höheres Alter zugute zu halten. Wenn Eltern dann etwa zehn Jahre älter sind, werden sie meistens auch ruhiger – und man kann ganz gut mit ihnen zurechtkommen. Noch zehn Jahre weiter gibt es oft keine besseren Gesprächspartner als Vater und Mutter.
Vielleicht schreibst du deiner Mutter oder deinem Vater einmal einen Brief, der so ähnlich lauten könnte, wie der folgende. Möglich, daß sie dann schneller vernünftig werden:

Forderungen eines Kindes an seine Eltern

1 Verwöhne mich nicht!
Ich weiß sehr wohl, daß ich nicht alles bekommen kann, wonach ich frage. (Ich will dich nur auf die Probe stellen)

2 Sei nicht ängstlich, im Umgang mit mir standhaft zu bleiben! Mir ist diese Haltung lieber, weil ich mich dann sicherer fühle.

3 Hindere mich daran, schlechte Gewohnheiten anzunehmen. Ich muß mich darauf verlassen können, daß du sie schon in den Ansätzen erkennst.

4 Weise mich nicht im Beisein anderer Leute zurecht, wenn es sich vermeiden läßt!
Ich werde deinen Worten viel mehr Beachtung schenken, wenn du zu mir leise unter vier Augen sprichst.

5 Sei nicht fassungslos, wenn ich zu dir sage: »Ich hasse dich!« Ich hasse *dich* nicht, sondern deine Macht, meine Pläne zu durchkreuzen.

6 Bewahre mich nicht immer vor den Folgen meines Tuns ... Ich muß auch einmal peinliche Erfahrungen machen.

7 Schenke meinen kleinen Unpäßlichkeiten nicht zu viel Beachtung. Sie verschaffen mir nur manchmal die Zuwendung, die ich benötige!

8 Nörgele nicht! Wenn du das tust, schütze ich ich mich dadurch, daß ich mich taub stelle.

9 Mache keine vorschnellen Versprechungen! Bedenke, daß ich mich schrecklich im Stich gelassen fühle, wenn Versprechen gebrochen werden.

10 Sei nicht inkonsequent! Das macht mich völlig unsicher und läßt mich mein Vertrauen zu dir verlieren.

11 Unterbrich mich nicht, wenn ich Fragen stelle! Wenn du das tust, so wirst du bemerken, daß ich mich nicht mehr an dich wende, sondern versuche, meine Informationen anderswo zu bekommen.

12 Sag nicht, meine Ängste seien albern! Sie sind erschreckend echt, aber du kannst mich beruhigen, wenn du versuchst, sie zu begreifen.

13 Versuche nicht immer so zu tun, als seist du perfekt oder unfehlbar. Der Schock ist für mich zu groß, wenn ich herausfinde, daß du es doch nicht bist.

14 Vergiß nicht, ich liebe Experimente! Ich kann ohne sie nicht groß werden. (Bitte halt´s aus).

15 Denke nicht immer, daß es unter deiner Würde sei, dich bei mir zu entschuldigen! Eine ehrliche Entschuldigung erweckt bei mir ein überraschendes Gefühl der Zuneigung.

16 Vergiß nicht, wie schnell ich aufwachse. Es muß für dich sehr schwer sein, mit mir Schritt zu halten, aber bitte versuch´s!

17 Vergiß nicht, daß ich ohne eine Menge verständiger Liebe *nicht* gedeihen kann. (Aber *das* muß ich *dir* wohl nicht sagen, nicht wahr?)

Vielleicht ist es ganz gut, auch einmal einen Blick nach rechts oder links zu riskieren. Leo Buscaglia erzählt von seiner Familie, Italienern, die in die USA ausgewandert sind:

Mein Vater war jemand, der alles, was er hatte, wieder verschenkte. Er hatte nie etwas. Sobald es uns etwas besser ging, verschenkte er sein Geld wieder. So landeten wir immer wieder im finanziellen Tief. Aber Mama verstand es, mit ganz bescheidenen Zutaten köstliche Mahlzeiten zu kochen. Dazu gehörte auch ein Pudding aus Brot, Brühe und Kohl – pan e choi. Diese Mischung dehnt sich im Magen enorm aus, und du spürst den Hunger nicht mehr. Wenn es uns schlecht ging, dann gab es immer pan e choi.
Oft kam Papa ganz verzweifelt und mutlos nach Hause. Aber die Eltern haben sich mit ihren Sorgen niemals vor uns versteckt. Sie ließen uns an allem teilnehmen, auch an ihren Sorgen und Ängsten. Sie waren für uns Symbole der Menschlichkeit!
Eines Tages kam Papa ganz verzweifelt nach Hause und teilte uns mit, daß sein Partner mit dem gemeinsamen Geld durchgebrannt war. Er wußte nicht einmal, womit er unsere nächste Mahlzeit bezahlen sollte.
Mama hatte eine verrückte Gewohnheit – sie konnte über alles lachen. Auch das kam ihr irgendwie komisch vor. Papa war wütend auf sie, aber sie lachte, daß ihr die Tränen über die Wangen liefen. Und wissen Sie, was sie dann tat? Wir verließen alle das Haus und kamen erst am Abend wieder. Inzwischen hatte sie ein Festmahl zubereitet: Antipasto, Pasta, Kalbsbraten – alles, was dazugehört!
Mein Vater sagte: »Mein Gott, was soll das bedeuten?«
Sie sagte: »Dafür habe ich alles ausgegeben.«
Er sagte: »Du bist verrückt!«
Sie sagte: »Jetzt brauchen wir Freude, nicht später. Jetzt brauchen wir diese Aufmunterung. Halt den Mund und iß!«
Es ist schon viele Jahre her, und ich kann Ihnen sagen, daß ich dieses Abendessen nie vergessen werde. Und wissen Sie was, wir haben überlebt!

Leo Buscaglia

GEWALTLOSIGKEIT
Eine Idee für Schwächlinge?

Ganz und gar nicht! Mahatma Gandhi, ein kleines dünnes Männchen aus Indien und zugleich einer der bekanntesten und wirkungsvollsten Vertreter der Idee und Praxis der Gewaltlosigkeit, hat mit seinem eigenen Leben genau das Gegenteil bewiesen.
Aber erst einmal sah alles ganz anders aus: »Auf der Schule hatte ich einige Schwierigkeiten im Rechnen«, erzählt Gandhi später. »Ich war sehr schüchtern und vermied jedwede Gesellschaft ... Ich rannte buchstäblich von der Schule zurück, weil ich es nicht ertragen konnte. Ich hatte Angst, man würde sich über mich lustig machen ... mehr noch, ich war ein Feigling. Mich verfolgte die Angst vor Dieben, Geistern und Schlangen. In der Nacht wagte ich mich nicht vor die Tür. Es war mir fast unmöglich, im Dunkeln zu schlafen...«
Dann beschloß Gandhi, sich seinen eigenen Schwächen zu stellen und nicht mehr vor seiner Angst davonzulaufen. Und es gelang ihm, in mühsamer Arbeit die Ängste und Schwächen zu verwandeln.
Gandhi hatte hart kämpfen und unzählige Ängste und Niederlagen überwinden müssen, bevor aus dem schüchternen jungen Mann, der kaum den Mund aufzumachen wagte, ein mitreißender politischer Friedensprophet geworden war. Sein Geheimnis: Gewaltlosigkeit verwandelt Wut in Stärke.
Gewalt, Haß und Rache können immer nur zerstören, meinte Gandhi. Nur in der unbewaffneten Liebe sah er die Möglichkeit, zerrüttete Beziehungen heil zu machen und den tödlichen Kreislauf von Haß, Gewalt und Gegengewalt zu durchbrechen. Der Gegner soll nicht vernichtet, sondern zum Nachdenken gebracht werden, der Feind soll zum Freund gewonnen werden. Schließlich soll nicht ein kurzlebiger Sieg oder ein gedemütigter Gegner

am Ende einer Auseinandersetzung stehen, sondern der ehrenvolle Kompromiß als Grundlage für ein neues Miteinander.

Ich frage mich:

- **Manche nennen mich Feigling, wenn ich mich nicht wehre und zurückschlage. Gehört nicht mehr Mut und Tapferkeit dazu, auf das Zurückschlagen zu verzichten als einen Kampf einzugehen?**
- **Läßt sich die Lehre von der Gewaltlosigkeit überhaupt auf meinen Alltag übertragen?**

Eine mögliche Antwort

Mit einer Schulklasse habe ich begonnen, einen Jugendroman zu schreiben. Die Jugendlichen wollten gern, daß ihr Leben im Roman zur Sprache kommt. Der folgende Ausschnitt handelt von Andreas. Für die Mitschüler war er eine Art moderner Gandhi:

Die beiden Mädchen stoppten, als sie auf der Höhe der Jungen waren. Lilli sah, daß Andreas ein blutiges Ohr hatte. Sie ging auf ihn zu, faßte ihn vorsichtig am Ohrläppchen.
»Hast du dich verletzt?« fragte sie und begutachtete dabei die Wunde am Ohr. Der nickte bloß und bekam einen roten Kopf. »Prügelei!« sagte er nur und merkte, daß seine Stimme nicht so cool klang wie sie sollte.
Aber es war ihm Lilli gegenüber nicht einmal so peinlich wie gegenüber den anderen Jungen.
»Pack schon aus, Alter«, sagte Fabio, »du wirst mit einem

Grizzlybären aus den Rocky Mountains geknutscht haben, stimmt's?«
»Oder mit einem Schwarzwaldelch«, rief Fabio lachend.
»So ähnlich«, antwortete Andreas und schwieg beharrlich über die Einzelheiten. Da kannte er aber die anderen schlecht. Sie bohrten so lange, bis sie heraushatten, was ihm wirklich passiert war.
»Das war in der Nähe der Eishalle in Wiehl«, sagte Andreas schließlich genervt. »Am Samstagabend gegen zehn. Ich stand da und wartete auf meinen Bruder, der mich mit dem Wagen abholen wollte. Plötzlich stehen sie da. Zwei Typen mit kurzgeschorenen Köpfen und Springerstiefeln. Ich hatte sie vorher schon in der Eishalle gesehen. Der eine hatte mich immer von der Seite angeguckt, als wollte er sagen: ›Du langhaariger Affe, schneid' dir endlich mal deine Haare, damit du etwas menschlicher aussiehst.‹
»Kanntest du die?« fragte Ellen neugierig. Andreas schüttelte den Kopf. »Nein, ich hatte sie nie zuvor gesehen.«
»Und dann?« wollte Isy wissen. »Was war dann?«
»Entspann' dich, Isy«, sagte Sülo. »Er wird's uns schon noch erzählen.«
Andreas nickte rasch, bevor er fortfuhr: »Das waren Adolfs Enkel, so eine Nazigruppe aus unserer Gegend. Die können Langhaarige wie mich nicht riechen. Und ich die nicht«, fügte er schnell hinzu. »›Du hast mir auf die Jacke gespuckt‹, fing der eine von beiden plötzlich an und packte mich am Arm. Ich hab' immer wieder Nein gesagt und den Kopf geschüttelt. Beim vierten Nein hat er dann zugeschlagen.«
Andreas faßte ans Ohrläppchen. »Erst hab' ich gedacht, er hätte mir das Ohrläppchen abgerissen. Es brannte so abscheulich«, fuhr er fort und verzog seine Miene, als erlebte er diese Verletzung in diesem Augenblick noch einmal. »Dann sah ich das Blut an meiner Hand herunterlaufen und bekam Angst.«
»Was hast du dann gemacht?«, fragte Lilli. »Hast du zurückgeschlagen?«
Andreas sah sie lange schweigend an und sein Blick kam ihr vor, als würde er bis auf den Boden ihrer Seele dringen.

Langsam schüttelte Andreas den Kopf. »Nein«, sagte er. »Ich habe nicht zurückgeschlagen. Ich hab' noch nie in meinem Leben zurückgeschlagen.«
Sülo faßte sich an den Kopf. »Bist du blöd, Junge? Wenn du dich nicht wehrst, dann machen sie dich fertig.«
»Und *wenn* du dich wehrst? Was passiert dann?« fragte Andreas ganz ruhig. Er wartete eine Weile und genoß es, den verblüfften Sülo anzusehen. »Dann werden zwei verletzt«, gab er schließlich selber zur Antwort. »Ist das vielleicht besser?«
»Also ich...«, sagte Fabio. »Ich würde immer zurückschlagen. Vielleicht ist es sogar noch besser, wenn du als erster zuschlägst. Ratzfatz!« Er schlug zwei rechte Geraden in die Luft, einem unsichtbaren Gegner kühn auf die Nasenspitze.
Allmählich wurden er und die anderen Jungen ruhiger.
»Du hast dich noch nie gewehrt?« fragte Lilli noch einmal ungläubig. »So einen Jungen wie dich hab´ ich noch nie kennengelernt. Manche sind feige und laufen weg, sobald einer ankommt. So was kenne ich.«
»Oder sie haben eine supergroße Klappe«, ergänzte Ellen. »Und nichts dahinter, die Helden.«
»Aber so einen wie Andreas habe ich noch nie kennengelernt. Ich halte ihn nicht für einen Feigling. Auch wenn mir ein lebender Feigling immer noch lieber ist als ein toter Held«, sagte Lilli grinsend. »Dabei haben die meisten ›Helden‹ die Hose voll bis an den Gürtel. Die tun doch nur so stark. In Wirklichkeit sind sie ziemlich erbärmliche Typen.«

was ich glaube

Ich glaube nicht
an das recht des stärkeren,
an die sprache der waffen,
an die macht der mächtigen.

doch ich will glauben
an das recht des menschen,
an die offene hand,
an die gewaltlosigkeit.

ich will nicht glauben
an rasse oder reichtum,
an vorrechte und privilegien
an feststehende ordnungen.

doch ich will glauben,
daß alle menschen wirklich menschen sind und
daß die ordnung des unrechts wirklich unordnung ist.

ich glaube nicht,
daß ich unterdrückung bekämpfen kann,
wenn ich irgendein unrecht bestehen lasse.

doch ich will glauben,
daß das recht ungeteilt ist, hier und dort, und
daß ich nicht frei bin, solange noch irgendein mensch sklave ist.

ich glaube nicht,
daß liebe selbstbetrug,
freundschaft unzuverlässig, und alle worte lügen sind.

doch ich will glauben
an die liebe, die erträgt,
an die offenheit und das vertrauen zueinander und
an ein wort, das wirklich sagt, was es sagt.

HMMM...
WAS WÜRDEST DU MACHEN, WENN ICH DEINEN SCHNEEMANN UMSTOSSE?
NICHTS...WAS KÖNNTE ICH SCHON MACHEN?
DU BIST GRÖSSER UND STÄRKER ALS ICH,...DU KANNST SCHNELLER LAUFEN...ICH KANN DICH ALSO NICHT DARAN HINDERN...
IN SOLCHEN DINGEN BIN ICH WIRKLICH AUF DEINE GNADE ANGEWIESEN...ICH KANN NUR HOFFEN, DASS DU ES NICHT TUST...
SO GANZ ALLMÄHLICH ENTWICKLE ICH MICH ZU EINEM EXPERTEN DER WEICHEN WELLE!
SCHULZ

GANZ IN SCHWARZ
Grufties und Satanisten

Sie lieben die Dunkelheit und schwarze Klamotten. Sie haben einen Hang zu Friedhöfen und zu geheimnisvoller Musik. Und – sie schocken gern die Welt der »Spießer«. Darin sind sie sich noch ähnlich, doch dann scheiden sich die Geister. Echte Grufties möchten nicht gern mit jugendlichen Satanisten verwechselt werden.
Um den Unterschied zwischen den beiden Jugendgruppen festzustellen, habe ich zwei junge Leute gefragt, warum sie sich Grufties nennen oder zum Satanismus bekennen. Jessica und Christian haben sich ganz offen geäußert. Ich habe ihnen gesagt, daß ich ihre Äußerungen nicht mit einem »Erwachsenen-Kommentar« versehen will.
Macht euch selber euer Bild!

Interview mit Jessica (18), Gruftie oder »Schwarze«

Ich gehöre seit ungefähr 3 Jahren zur Dark-Wave-Szene (Schwarze-Welle-Szene). Die »Schwarzen« gibt es etwa seit Beginn der 80er Jahre. Eine der ersten Musikgruppen dieser Szene waren die »Alien Sex Friends«. Die Szene-Disco »Zwischenfall« in Bochum ist so etwas wie unser »Mekka«.
In meiner Umgebung kenne ich ungefähr 50 Dark Waver. Ich bin damals durch meinen Ex-Freund hineingekommen. Wir tragen vor allem dunkle Klamotten und färben uns die Haare schwarz. Viele von uns bevorzugen schwarze Samtkleider oder kurze schwarze Röcke und Netzstrümpfe. Dazu gehören auch die Pikes, die Schnallenschuhe, wie sie schon im Mittelalter getragen wurden.

Wir leben gern unsere Gefühle aus, vor allem die Traurigkeit. Bei uns wird auch viel geweint. So was ist ja sonst nicht üblich. Da mußt du stark und cool sein. Aber wir tauschen gern unsere alltäglichen Sorgen und Probleme miteinander aus. Viele stammen nämlich aus schwierigen Familienverhältnissen.
Drogen kommen bei uns eher am Rande vor, mit Alkohol geben wir uns schon häufiger die Kante.
Was wir mit Okkultismus zu tun haben? Zuerst mal mögen wir eine dunkle, mystische Atmosphäre. Friedhöfe finden wir auch gut. Dann ist aber auch viel Esoterik im Spiel wie z.B. das Legen von Tarot-Karten, das Pendeln oder auch uralte Symbole. Ich selber habe auch ein Pentagramm zu Hause hängen. Nicht mit der Spitze nach unten, wie die Satanisten, sondern mit zwei Spitzen nach unten, so wie es früher bei Geisterbeschwörungen angewendet wurde.
Was ich bedenklich an unserer Szene finde? Wenn einer gar nicht mehr lachen kann, sondern immer nur mit einem Trauergesicht herumläuft.
Besonders wichtig ist mir, daß wir nicht mit den Satanisten verwechselt werden. Die laufen zwar auch in Schwarz rum, sind aber viel härter drauf. Damit will ich jedenfalls nichts zu tun haben.

Interview mit Christian (16), Satanist

Christian, warum bist du Satanist?

Ich glaube an das Böse in mir. Ich finde es auch gut, wenn ich dabeisein darf, wenn andere Leute oder Tiere Schmerzen empfinden. Mir gefällt es, durch die Straßen zu laufen und den Leuten irgendeinen satanischen Spruch reinzuwürgen. Ich bin zu einem Zeugen Jehovas gegangen und habe ihm erzählt, daß ich vom Satan besessen bin. Da hat der mich ungefähr eine Dreiviertelstunde zugelabert. Anschließend habe ich dann mein Pentagramm aus der Tasche gezogen, hab es ihm unter die Nase gehalten und gesagt: »Kill the witnesses of Jehova.« (Töte die Zeugen Jehovas.)

Wodurch bist du Satanist geworden?

Durch Kumpels, Black und Death Metal Musik und meine Neugier an der ganzen Sache. Ich bin seit 14 dabei.
Bei der Musik nehme ich einige Texte ernst, andere wieder nicht, das kommt ganz drauf an. Wenn z.B. der Sänger von »Cannibal Corpse« in Mikro schreit: »Mach es mir mit dem Brotmesser«, dann finde ich das etwas übertrieben. Wenn aber der Sänger von *Deicide* singt: »Fuck den Messias« ist das o.k.
An der Musik gefällt mir vor allem das Schnelle, das Gekrächze und Gegrunze.

Wie findest du Christen?

Ich finde sie ziemlich verlogen. Sie reden von Nächstenliebe und von einem Leben nach dem Tod. Die spinnen doch und sollten endlich mal einsehen, daß sie, wenn sie tot sind, verbuddelt oder verbrannt werden – und nichts anderes. Nach dem Tod kommt nichts. Wer tot ist, ist tot.
Sie reden auch davon, daß irgendwann alles mal gut wird. Das einzige, was ich dazu sage: Es gibt keine Hoffnung. Es gibt keine Zukunft. Ich bin nur Fleisch und Blut.

Hast du schon einmal an einer Schwarzen Messe teilgenommen?

Ja, das war ganz lustig. Bei der, wo ich dabei war, saßen wir auf dem Friedhof, hörten laute Musik und haben uns auf die Gräber gelegt. Na ja, Drogen und Alkohol sind auch immer im Spiel.Wir haben eine Katze an einen Baum gebunden und sie solange mit Steinen bewarfen, bis sie blutüberströmt dahing. Dann haben wir sie losgebunden und auf einen Grabstein gelegt.

Wo sind für dich die Grenzen des Satanismus? Was findest du selber gefährlich?

Wenn ich selber tot da liege, das ginge mir zu weit. Also Menschenopfer. Aber Tieropfer – das ist schon o.k.

Was würdest du jungen Leuten zum Thema Okkultismus/Satanismus raten?

Da kann ich nichts zu sagen. Das muß jeder selber wissen und selber ausprobieren, wie weit er gehen will.

Ich persönlich kann mir nur schwer vorstellen, daß junge Leute wirkliche »Lebenshilfe« aus einem der beiden genannten Jugendkulte bekommen. Auch wenn für mich Leben und Tod zusammengehören und gerade darüber viel offener gesprochen werden sollte, wird nach meiner Vorstellung die dunkle Seite des Lebens in diesen beiden Kulten zu stark in den Vordergrund gerückt. Ich bin mit Jessica und Christian weiter im Gespräch.

KICK
Das Spiel mit dem Nervenkitzel

Kick (engl.) – so nennt man den kurzen »Stoß«, den man erhält, wenn einem das Hormon Adrenalin aus der Nebenniere ins Blut »schießt«. Dann jagt der Puls hoch, die Röte steigt ins Gesicht und die Hände werden feucht vor Aufregung. Solch einen Kick oder auch Nervenkitzel erreicht man z.B., wenn man so aufregende Sachen macht, wie von einem Fünf-Meter-Brett ins Schwimmbecken springen oder von einem hohen Kran mit dem Gummiseil an den Füßen kopfüber herunterstürzen (=Bungee-Jumping).
Oft sind es gerade auch verbotene Dinge, die einen besonderen Kick erzeugen: Sprühen an Hauswänden, Surfen auf der U-Bahn oder Airbag-Bumping – vor allem in den USA. (Zwei gestohlene Autos fahren mit Vollgas aufeinander zu. Beim frontalen Aufprall werden die Fahrer der gestohlenen Autos von ihrem Airbag aufgefangen. Die Autos sind meistens Schrott.) Manche Jugendliche haben einen ähnlichen Kick, wenn sie in einem Kaufhaus auf Diebestour gehen.
Nach aller Erfahrung hat die Suche nach einem noch besseren Kick Ähnlichkeit mit der Drogensucht: Man braucht immer mehr und immer stärkere Dosen davon und kommt schließlich kaum noch davon los. Deshalb ist vor den »illegalen« Kicks dringend zu warnen.

Ich frage mich:

- **Gibt es eigentlich auch Kicks, die harmloser sind?**
- **Mein Freund hat mir davon erzählt, daß er beim Bungee-Springen ein »Wahnsinnsgefühl« hatte. Wie soll ich mir das im einzelnen vorstellen?**

Mögliche Antwort

Natürlich gibt es gefährliche und harmlosere Kicks. Ich kann sie nicht alle aufzählen, und sie werden bei den unterschiedlichen Menschen auch vollkommen unterschiedlich erzeugt. Aber du hast sicherlich schon erlebt, daß du vor einer Situation ein »Achterbahngefühl« im Bauch hattest, z.B. als du mit deinen Eltern im letzten Jahr im Gebirge den schmalen Pfad hochgeklettert bist. Links neben dir das Stahlseil zum Festhalten, rechts fiel der Berg steil ab ins Tal. Oder als deine Freundin dir sagte, daß du der netteste Junge aus der ganzen Schule bist. Da gibt es schon mal einen ganz ordentlichen Kick.

Zum Bungee-Springen hat mir eine 18jährige Schülerin folgendes erzählt.

»Ich stand oben auf dem Kran, das dicke Gummiband um die Füße gebunden – ganz allein. Nur der Mann, der mich zum Sprung vorbereitete, stand neben mir.
Erst traute ich mich nicht, wollte wieder zurück, runter von dem Kran. Unten wartete meine Clique. Sie riefen mir zu, wollten mir Mut machen. Aber ihre Rufe machten mir noch mehr Angst. Dann hielt ich mich nicht mehr mit zwei Händen, sondern nur noch mit einer fest. ›Kannst du mir nicht einen Schups geben?‹ fragte ich den Mann. ›Das mußt du schon selber machen‹, antwortete er. Es dauerte mindestens zwei Minuten, die mir ewig lang vorkamen. Dann hatte ich mir ein Herz gefaßt. Ich ließ die linke Hand los, nahm den Kopf in den Nacken, so wie der Mann gesagt hatte, und sprang. Ich schrie laut, als ich durch die Luft flog. Aber es war nicht mehr die Angst. Ich kam mir vor, als wäre ich durch ein Tor in die Freiheit gesprungen.«

ICH LEBE. HAST DU MEHR ZU BIETEN?

Eine ver-rückte Beerdigung

Die 18jährige Lisa erzählt in dieser Geschichte von einem außergewöhnlichen Erlebnis, das sie mit dem Stadtstreicher Dubbel auf einem Friedhof in Köln hatte:

Ich traue meinen Augen kaum, als ich Dubbel am Brunnen sitzen sehe. Er trägt einen schwarzen Filzhut bis fast auf die Ohren. Heute sieht er schon von weitem wie ein Clown aus, nur daß er keine Späße machte. Atze sitzt neben ihm, hat den Arm um seine Schulter gelegt. Ganz ernst sieht er mich an.
»Die U. ist tot«, sagt er tonlos und starrt auf eine Schar von Spatzen, die sich ein paar Meter entfernt um einen Brotrest streiten.
»Wir waren gestern abend noch im Krankenhaus. Schwester Inge konnte uns nur die traurige Mitteilung machen, daß sie schon vor drei Tagen gestorben war – an Herzversagen.«
Atze schluckt tief durch und nimmt einen Schluck aus seiner Pulle. »Ich glaube, ihr Neffe hat sie auf dem Gewissen. Dieser verdammte Kerl.«
In diesem Moment denke ich nur: Schade, daß ich die U. nicht mehr kennengelernt habe, nachdem Dubbel mir so viel von ihr erzählt hat. Traurig bin ich nicht, denn ich kannte sie ja nicht. Ich war selten traurig bei Verstorbenen, die ich nicht persönlich gekannt hatte. Mich wundert aber nicht, daß Dubbel mit Mundwinkeln bis auf den Erdboden herumsitzt und kaum ein Wort mit uns spricht.
Wahrscheinlich ist er mit der U. stärker verbunden, als er zugeben will. Anders kann ich mir seine Trauer

nicht erklären. So spreche ich ihn auch nicht an, sondern erfahre von Atze, daß die Beerdigung heute um 13 Uhr auf dem Friedhof in B. ist.
»Zur Feier des Tages fahren wir mit der Linie 1 raus, um die alte Saufnase unter die Erde zu bringen«, meint Atze trocken. »Das muß sie uns wert sein.«
Mir ist sofort klar, daß ich auch mitfahren will. Und so gehen wir zur Haltestelle am Heumarkt. Dubbel zieht den schwarzen Filzhut noch tiefer auf die Ohren, daß sie ordentlich abstehen. Dann erhebt er sich langsam und folgt uns beiden, schlaff wie ein geprügelter Hund.

In der Leichenhalle warten wir lange. Peter ist noch nicht da, der Neffe der U. Sonst ist niemand zu erwarten.
»Sehen Sie sich die Frau U. solange noch einmal an«, sagt der Bestatter, als wolle er uns die Wartezeit damit verkürzen. »Sie liegt da, als ob sie schliefe. Zu Lebzeiten kann sie nicht besser ausgesehen haben.«
Ich schaudere bei dem Gedanken, in einen offenen Sarg hineinzuschauen, denn ich hatte bisher noch nie einen Toten angesehen. Aber Dubbel nimmt mich an die Hand, und so treten wir zu dritt vor den geöffneten Sarg.
Die U. sieht wirklich aus, als schliefe sie. Schweigend stehen wir vor ihr, sehen das gelblich wächserne Gesicht. Die Wangen sind nur leicht eingefallen und die Augen geschlossen. Über der weißen Spitzendecke liegen die Hände der Toten. Sie sind gefaltet, die Fingerspitzen bläulich gefärbt. Auf einmal habe ich keine Angst mehr vor der Toten im Sarg.
»Du hast die Ruhe verdient«, sagt Dubbel plötzlich in unsere andächtige Stille hinein. »Schlafe in Frieden.« Dabei zieht er den Filzhut vom Kopf und wischt sich eine Träne aus dem Augenwinkel. Der Bestatter, ein freundlicher, älterer Herr mit seriösen weißen Haaren, sieht unterdessen ungeduldig auf die Uhr.

»Es wird Zeit, den Sarg zu schließen und mit der Trauerfeier zu beginnen. Sonst kommen wir mit der nachfolgenden Beerdigung in Schwierigkeiten.«
Wie am Fließband, denke ich und setze mich gleich vorn in die erste Stuhlreihe. Es riecht nach Blumen und Tannengrün in der Halle. Ein paar große weiße Kerzen stehen neben dem Sarg, der etwas erhöht auf einem Sockel ruht. Die Halter, an denen sonst wohl Kränze hängen, sind leer. Der Sargdeckel wird von vier Trägern über den offenen Sarg gehoben und mit sechs Flügelschrauben geschlossen. Ich höre, wie einer dabei leise flucht, wohl weil es an einer Stelle klemmt.
In diesem Augenblick torkelt Peter herein, geführt von Elvira, die mit hohen Stöckelschuhen aufdringlich klappert. Peter reißt sich von Elvira los. Man merkt sofort, daß er etwas getrunken hat. Sein linker Arm liegt in Gips und die Hose des schwarzen Anzugs hat Hochwasser. Die grünen Socken wirken seltsam lächerlich. In fettigen Strähnen hängen seine Haare ins aufgedunsene Gesicht. Er stolpert auf den Sarg zu, wirft sich mit ausgebreiteten Armen darüber.
»Tantchen«, schluchzt er laut. »Warum hast du mir das bloß angetan?«
Elvira und Dubbel holen ihn behutsam zurück und setzen ihn neben sich auf einen Platz in der ersten Reihe.
Was der Pfarrer alles erzählt, habe ich vergessen. Es zieht sich ziemlich in die Länge, und ich sehe, daß der Bestatter immer wieder auf die Uhr schaut, und dabei dem Friedhofswärter in Mütze und Uniform jedes Mal zunickt, als wolle er sagen: Gleich ist es soweit.
Der Weg zum Grab ist weit. Peter schwankt zwischen Elvira und Dubbel am Arm. Sie können den Trägern kaum folgen, die den Sargwagen mit dem Sarg der U. darauf in raschem Tempo die schmalen Friedhofswege zur letzten Ruhestätte hinziehen. Atze und ich folgen den Dreien.
Dann und wann zieht Atze die Schnapsflasche hervor und genehmigt sich einen kräftigen Zug. »Die Sozial-

gräber liegen weit draußen«, sagt er grinsend wie zur Entschuldigung. »Ole liegt da auch irgendwo.«
Als der Sarg gerade heruntergelassen wird, die Träger schon ein paar Schritte entfernt sind und der Pfarrer vors offene Grab getreten ist, geschieht es: Peter reißt sich von Elvira und Dubbel los und will dem Sarg nachspringen. Geistesgegenwärtig kann der Pfarrer ihn am Ärmel festhalten.
Dubbel springt hinzu, umarmt Peter, der wie ein Kind lautstark weint. Das *Erde zu Erde, Asche zu Asche, Staub zum Staube* spricht der Pfarrer dann ebenso wie das Vaterunser und den Segen eintönig und sehr rasch.
Vielleicht ist es wegen Peter. Wann erlebt so ein Kirchenmann denn auch schon einmal, daß Angehörige ins offene Grab nachspringen wollen? Zum Abschluß gibt er uns allen die Hand samt einem tiefen Blick, schürzt seinen schwarzen Talar, und folgt eiligen Schrittes den vorangegangenen Trägern.
Wir stehen zu fünft vor dem Grab. Nach einer Weile tritt Dubbel heran, stellt sich ganz dicht an den Rand der offenen Grube:
»Liebe U. Wir sind jetzt hier, um Abschied von dir zu nehmen. Mir tut das schrecklich weh, aber das weißt du ja. Und den anderen ist auch verdammt traurig zumute, das weiß ich genau. Darum will ich dir noch rasch einen Witz erzählen. Vielleicht kann uns das alle aufheitern.«
Mir wird ganz komisch, denn ein Witz am Grab, das ist etwa das Verrückteste, was ich mir denken kann. Dubbel ist wirklich nicht richtig im Hirn. Auf einmal ist die Stimme wieder da, die ich schon öfter in mir gehört habe: *Der ist vollkommen verrückt!*
Ich komme nicht dazu, weiter darüber nachzudenken, denn Dubbel erzählt seiner Freundin U. und uns anderen über dem offenen Grab seinen Witz.
»Den Witz hat mir mein Freund, der Engel Gabriel vor kurzem in der Antoniterkirche erzählt: Da stirbt ein

weißer Rassist, kommt an das Himmelstor und fordert Einlaß. Mein Freund, der Engel Gabriel, sieht ihn düster an: *Du kannst hier nicht rein,* sagt er mürrisch. *Warum nicht?* fragt der Rassist. *Gott mag dich nicht,* antwortet Gabriel.
Der weiße Rassist ist ziemlich erstaunt, war er doch sein Leben lang ein frommer Kirchgänger gewesen. Verblüfft fragt er: *Warum mag Gott mich nicht?* Gabriel denkt einen Augenblick nach, dann gibt er zur Antwort: *Weil Gott eine Negerin ist.*«
Mir stockt der Atem, dann sehe ich zu Elvira hinüber. Sie lächelt in sich hinein, als wolle sie sagen: *Typisch, Dubbel.*
Ein merkwürdiger Brechreiz steigt in mir auf. Ich halte mich an Atze fest, sehe ihn mit großen Augen an: »Warum hat Dubbel gerade diesen idiotischen Witz erzählt?«
Atze kratzt sich seinen grauen Schädel: »Weiß ich auch nicht genau. Vielleicht will er damit sagen, daß wir Menschen uns ganz schön irren können. Was wir uns im Leben alles so ausdenken...«
Dubbel hat sich den Filzhut inzwischen wieder auf seinen Kopf gedrückt.
»Der spinnt total«, sage ich halblaut vor mich hin. »So was am Grab...«

Die Herbstsonne ist an diesem Mittag genauso warm wie schon an den Tagen zuvor. Dubbel schwitzt unter dem Hut, das kann ich merken.
»Atze«, ruft er seinen Freund ans Grab. »Jetzt du.«
Atze tritt neben ihn, greift in seine Jackentasche und holt die Mundharmonika heraus. Es ist mäuschenstill, als sein »Junge, komm bald wieder« über den Gräbern erklingt.
Ich kriege das alles nicht mehr in die Reihe und will weglaufen. Irgend etwas hält mich wie mit unsichtbaren Händen zurück. Also bleibe ich und hoffe inständig, von keinem meiner Bekannten oder Freunde hier zufälligerweise entdeckt zu werden...

Anschließend besuchen wir Ole. Atze hatte darauf bestanden. Bald weiß ich auch, warum er die beiden prall gefüllten Plastiktüten auf den Friedhof mitgenommen hat. An Oles Grab, das nur wenige Meter weiter zwischen den Lebensbäumen liegt, packt Atze aus.
»Setzt euch erst mal. Es ist Mittagszeit, wir haben einen anstrengenden Gang hinter uns. Jetzt wollen wir spüren, daß wir noch leben.« Dann breitet er eine blaue Decke zwischen den Gräbern auf das kleine Stück Rasen und legt die Tüten darauf. Dubbel und Elvira reißen sie auf.
»Oh, halbe Hähnchen«, sagt Dubbel. »Das hast du gut gemacht, Atze.« Elvira legt ein paar Brotscheiben zurecht, jeder greift ein knuspriges Hähnchenbein.
»Laßt es euch gut schmecken«, ruft Atze, und entkorkt dabei eine Sektflasche. Mit spritzigem Knall fliegt der Korken über die Gräber, der Sekt perlt in die Gläser, die Atze aus seiner Tüte gezaubert hat. »Auf euer Wohl, liebe U. und lieber Ole. Es lebe das Leben!«
Ich muß laut lachen, und das auf einem Friedhof. Zuerst hätte ich nicht geglaubt, auch nur einen Bissen herunterzubekommen. Dann aber sehe ich, wie die anderen zulangen, aufs Leben anstoßen und den Tod auslachen. Nach drei Schlucken Sekt habe ich fast schon einen Schwips.
Wir essen und trinken, umarmen uns zärtlich, und sogar Peter singt am Ende mit, als Atze noch einmal seine kleine Mundharmonika hervorholt und dem alten Freund Ole das »Junge, komm bald wieder« spielt.
Am Ausgang des Friedhofs zieht Dubbel seinen schwarzen Filz vom Kopf und wirft ihn zwischen die vertrockneten Kränze und Blumen.
»Wie geht es dir jetzt?« frage ich ihn. Ein Lächeln spielt um seine Lippen, und er sieht mich mit seinem durchdringenden Blick lange an: »Ich lebe. Hast du mehr zu bieten?«

Psalm

Ich bin vergnügt
erlöst
befreit
Gott nahm in seine Hände
Meine Zeit
Mein Fühlen Denken
Hören Sagen
Mein Triumphieren
Und Verzagen
Das Elend
und die Zärtlichkeit

Was macht daß ich so fröhlich bin
In meinem kleinen Reich
Ich sing und tanze her und hin
Vom Kindbett bis zur Leich

Was macht daß ich so furchtlos bin
An vielen dunklen Tagen
Es kommt ein Geist in meinen Sinn
Will mich durchs Leben tragen

Was macht daß ich so unbeschwert
Und mich kein Trübsinn hält
Weil mich mein Gott das Lachen lehrt
Wohlüber alle Welt

nachzulesen in Psalm 31

Hanns Dieter Hüsch

MACH DEN MUND AUF
Misch dich ein!

»Das geht mich nichts an. Das ist nicht meine Sache. Da halte ich mich raus.« Diese Sätze sind häufig zu hören. Unter älteren Menschen ebenso wie unter Jugendlichen. Damit überlassen wir Menschen, die sich in irgendeiner Not befinden, ihrem Schicksal. Wir kümmern uns nicht um sie, sondern sehen oder gehen weg. Beispiele lassen sich dafür finden wie der berühmte Sand am Meer: Ein Kind fällt und verletzt sich das Knie, ein älterer Mensch wird von Jugendlichen angepöbelt und kann sich nicht wehren, ein Mädchen wird von seinem Vater geschlagen... Unterlassene Hilfeleistung ist strafbar. Das steht sogar im Gesetzbuch. Doch es geht um mehr. Manchmal fehlt uns der Mut oder die Zivilcourage laut und deutlich Nein zu sagen, wenn in unserem Beisein Unrecht geschieht. Solange es einen anderen trifft, sind wir fein raus. Aber was ist, wenn ich selber der Betroffene bin? Was geschieht, wenn sich dann auch keiner einmischt?
Also: Den Mund aufzumachen, sich einzumischen hilft letzten Endes dir selber.

Ich frage mich:

- **Ich habe gesehen, daß ein Junge von mehreren Jugendlichen verprügelt wurde. Ich wußte genau, daß ich eigentlich eingreifen sollte. Aber ich hatte Angst und habe mich verdrückt. Was hätte ich tun sollen?**
- **Ist es nicht manchmal besser, einfach wegzulaufen, wenn man miterlebt, daß irgendwo Gewalt im Spiel ist?**

Mögliche Antworten

Ja, natürlich – ich habe auch Angst, wenn vor meinen Augen drei Jugendliche auf einen Wehrlosen einschlagen. Ich habe Angst davor, daß ich auch einen draufkriege und dabei ebenfalls verletzt werde, wenn ich mich einmische. Am liebsten würde ich dann weglaufen. Aber ich weiß auch, daß eine Stimme in mir sagen würde. »Der da am Boden braucht deine Hilfe!«
Inzwischen habe ich gelernt, daß man auf sehr verschiedene Weise in ein gewalttätiges Geschehen eingreifen kann: Ich kann zum nächsten Telefon laufen und die Polizei benachrichtigen, ich kann Erwachsene ansprechen, damit sie eingreifen, ich kann auf meiner Trillerpfeife, die ich immer bei mir trage, lautstark um Hilfe pfeifen...
Es ist auch klar, daß es gar nicht so einfach ist, den Mund aufzumachen und sich einzumischen, wenn Unrecht oder Gewalt geschieht. Am einfachsten ist es sicher noch, wenn du dich mit Freunden zusammentust. Gemeinsam ist man eben wirklich stärker.

Die achtzehnjährige Lisa hat die folgende Geschichte mit Dubbel erlebt. Er hat sich eingemischt, er hat den Mund aufgemacht und er hat... Aber lies doch einfach selber.

Dubbel mischt sich ein

»Haut dem Nigger was aufs Maul!« Der Mann mit dem Schlapphut und der karierten Jacke trägt einen Schlafsack zusammengerollt unter dem Arm. Seine Stimme ist heiser. »Was will der schwarze Affe hier?«
Mit dem freien Arm zeigt er auf einen dunkelhäutigen Mann, der ein paar Schritte vor ihm in der Reihe der Wartenden steht. Der Schwarze zuckt zu-

sammen, will sich klein machen. Aber der mit dem Schlapphut gibt keine Ruhe.
»Sie besetzen nicht nur unsere Wohnungen, sie schnappen uns auch die Arbeitsplätze vor der Nase weg. Und wenn anständige Deutsche was zu essen wollen, dann kommen diese Typen und nehmen ihnen auch die Brotkrumen noch weg.«
Ich stehe dicht hinter dem Mann, neben Dubbel.
»Laß doch«, stößt Dubbel den Schlapphut an. »Der hat doch auch Hunger wie wir.«
Der Schlapphut wird wütend. »Du nimmst den Nigger noch in Schutz, was? Bist du verrückt ?«
Dubbel streicht dem Schlapphut mit der heiseren Stimme besänftigend über den Arm. Dabei fällt diesem die Schlafsackrolle aufs Pflaster. Rot vor Anstrengung und Zorn hebt er sie auf, schnauzt Dubbel an: »Mann, noch so ein Ding und ich verpaß dir eine, daß dir die Zahnstummel zum Hauptbahnhof rüberfliegen.«
Dubbel lächelt ein sehr stilles Lächeln, mit einer Hand macht er verstohlen dem Schwarzen ein Zeichen, als wollte er sagen, Kopf hoch, er wird dir schon nichts tun.
Wir müssen lange warten, bis wir an die Essenausgabe kommen. In dem großen Raum sind kaum mehr als fünfzig Stühle. Aber mehr als doppelt soviele Menschen warten auf die warme Suppe, die von den Helfern aus großen Kübeln in die Teller geschöpft wird. Es gibt Brötchen dazu.
Meine Hände zittern, als ich meinen Teller hinhalte. Bald wäre er mir aus der Hand gefallen. Was hatte ich hier verloren zwischen all den menschlichen Wracks, die kein Dach über dem Kopf hatten, irgendwoher geflüchtet waren oder mit ihrem Leben nicht mehr zurechtkamen?
Meine Mutter wartet zuhause mit meinem Lieblingsessen Pizza auf mich. *Komm nicht zu spät*, hatte sie heute morgen gesagt. Und nun stehe ich hier mit-

ten im Dunst von Alkoholfahnen, Knoblauch und dem Gestank von Schweiß und Urin.
Dubbel geht mit seiner Suppe voraus, sucht einen Stuhl für uns. Ein paar Köpfe nicken ihm zu. Alles seine Freunde? Er rudert auf einen Tisch zu, an dem noch ein freier Platz ist.
Im gleichen Moment setzt sich der Schlapphut dorthin. Grinsend läßt er seinen Schlafsack fallen. »Mahlzeit !« schmatzt er. Dubbel will gerade abdrehen, da sieht er den Schwarzen von vorhin am selben Tisch mit dem Schlapphut sitzen.
»Warte«, sagt er zu mir. »Halt' mal meine Suppe.« Kaum hat er das ausgesprochen, da geht es auch schon los, als hätte er das geahnt.
»Verdammter Kanake!« brüllt der Schlapphut und viele Augenpaare richten sich auf ihn. »Jetzt verdirbt der Kerl einem auch noch das hartverdiente Süppchen.«
Er springt hoch und baut sich vor dem Schwarzen auf. Der duckt sich so tief er kann zu seinem Teller hin. »Verschwinde, du Kaffer!«
Regungslos sitzt der Mann vor seinem Essen, wagt nicht einmal den Löffel zum Mund zu führen. Mit einem Schrei taucht der Schlapphut das Gesicht seines Opfers in die Suppe. Prustend reißt der Schwarze seine Arme hoch, um sich zu schützen.
Das wertet der Schlapphut offenbar als Angriff. Er zieht seinen Stuhl zu sich heran und schwingt ihn hoch über seinem Kopf. »Nein«, schreit der Schwarze. »Ich nix tun.«
Da schmettert der Angreifer den Stuhl auf den wimmernden Mann, einmal...
Den zweiten Schlag fängt Dubbel ab. Die Wucht ist so groß, daß ihm die Kante des Stuhlbeins eine Platzwunde an der Stirn beibringt.
»Hör auf«, keucht Dubbel und versucht den Schlapphut zu beruhigen.
»Niggerfreund!« brüllt der aufgebracht. Ein rotes

Rinnsal rinnt breit in Dubbels Bart, versickert scheinbar darin und tropft von da auf sein Hemd und zu Boden.
Den beiden ehrenamtlichen Helfern gelingt es schließlich, den Tobenden zu beruhigen. Sie führen ihn zur Tür. Immer wieder stößt er wütende Verwünschungen aus gegen dieses Asylantenpack, gegen Nigger, Juden und Schwule.
Mit einer Papierserviette tupfe ich Dubbel das Blut aus dem Gesicht. »Ist nicht schlimm«, sagt er. »Ich kann eben solche Sprüche nicht leiden.«
Bevor wir uns zum Essen setzen, geht er zu dem schwarzhäutigen Mann hinüber.
»Du kannst jetzt weiteressen«, meint er und legt dem zitternden Mann seine Hand aufs Haar. Der lächelt Dubbel zaghaft an.
»Ich nix mehr Hunger«, sagt er, steht auf und geht.
Atze kommt kurz darauf an unseren Tisch. »Na, hast du wieder mal Robin Hood gespielt, den Rächer der Entrechteten? Irgendwann hauen sie dir mal so was auf die Birne, daß du nicht mehr wach wirst. Dann weißt du, was du davon hast.«

OUTFIT
Wie wichtig sind mir Klamotten?

»Wie sieht der denn aus?« fragt Markus seinen Freund Dirk und deutet auf den Klassenkameraden. Uli ist heute in Röhrenjeans und einer »Kutte« mit lauter Aufnähern verschiedener Metal-Music-Gruppen in die Schule gekommen. Sein »Outfit« - sein ganzes Äußeres hat sich seit dem Wochenende verändert. Da war Uli mit Kumpels auf einem Metal-Konzert. Er ist jetzt »Heavy-Metal-Fan«, läßt sich die Haare wachsen und trägt die Klamotten, die sie dort alle tragen.
Outfit - das sind aber nicht nur einfach Klamotten. Outfit - daran hängen ganze Weltanschauungen. Punker, Skater, Raver oder Metalfans - sie alle haben ihr eigenes Outfit. Sie »stylen« sich so, wie es ihre jeweilige »Weltanschauung« von ihnen verlangt.
Und jeder, der ein bißchen Ahnung hat, kann sie schon von weitem an ihren Klamotten erkennen. Deshalb ist vielen Jugendlichen ihr Outfit so wichtig: sie wollen zu »ihrer Clique« dazugehören. Auch äußerlich.

Ich frage mich:

- **Kleidung ist mir schon wichtig. Aber wie finde ich meinen eigenen Stil?**
- **Bin ich nur dann ein wertvoller Mensch, wenn ich teure Kleidung kaufe?**

Mögliche Antwort

An dieser Stelle will ich dir einen »Outfit« – Fragebogen anbieten, mit dessen Hilfe du selber herausfinden kannst, wie wichtig dir Klamotten sind.
Wenn du den Fragebogen ausgefüllt hast, kannst du ja auch mit anderen darüber reden. Zum Beispiel mit deiner Freundin, deiner Clique oder deiner Familie. Wahrscheinlich bekommst du dann auch eine Antwort auf die beiden Fragen zum Thema »Outfit«.
Hier ist der Outfit – Fragebogen:

Outfit-Fragebogen

❐ Ich weiß immer über die aktuellen Modefarben Bescheid.

❐ Wenn ich das Geld hätte, würde ich mich immer nach der neusten Mode kleiden.

❐ Mode hat nur den Zweck, den Leuten das Geld aus der Tasche zu ziehen.

❐ Die Kleidermode ist meist so übertrieben, daß sie ein normaler Mensch nicht tragen kann.

❐ Leute, die sich immer nach der neuesten Mode kleiden, halte ich für verrückt.

❐ Ich habe meinen eigenen Stil und suche mir aus der Mode nur das aus, was dazu paßt.

❐ Man kann sich auch schön anziehen, ohne modisch zu sein.

❐ In der Mode bin ich anderen oft um einen Schritt voraus.

❐ Ich trage am liebsten hochmodische, ausgefallene Stücke.

❐ Ich warte meistens ab, bis sich eine neue Mode durchsetzt, bevor ich sie auch trage.

❐ Am liebsten kleide ich mich unauffällig.

❐ Kleidung muß vor allem praktisch sein.

- ❐ Für Kleidung gebe ich so wenig Geld wie möglich aus.
- ❐ Für Kleidung gebe ich am meisten aus.
- ❐ Es macht mir Spaß, mit Kleidungsstilen zu experimentieren.
- ❐ Es macht mir Spaß, andere durch Kleidung zu schokkieren.
- ❐ Ich kann mich leicht für das begeistern, was modern ist.
- ❐ Ich betrachte mich gern im Spiegel.
- ❐ Für mich kommt nur Spitzenqualität in Frage.
- ❐ Wenn mir etwas gefällt, ist es meistens auch das teuerste.
- ❐ Wenn ich gut gekleidet bin, fühle ich mich anderen oft überlegen.
- ❐ Es ärgert mich, wenn jemand den gleichen Pulli trägt wie ich.
- ❐ Ich habe meinen Stil noch nicht gefunden.
- ❐ Ich weiß immer ganz genau, was zu mir paßt.
- ❐ Ich richte mich nach den Erwartungen anderer.
- ❐ Alle sollten das tragen, was ihnen Spaß macht, ohne sich darum zu kümmern, was andere darüber denken.
- ❐ Wenn ich mich für etwas belohnen will, kaufe ich gern ein Kleidungsstück.
- ❐ Manchmal kaufe ich ein neues Kleidungsstück, wenn ich mich nicht besonders wohl fühle.
- ❐ Manchmal bekomme ich eine richtige Kaufwut.
- ❐ Kleidung kaufe ich oft und ohne langes Überlegen.
- ❐ Ich spreche häufig mit anderen über Kleidung.
- ❐ Wenn ich Geld genug hätte, würde ich mir viel Kleidung kaufen.
- ❐ Nur ganz bestimmte Marken garantieren hohe Qualität.
- ❐ Ich finde, teuere Marken heben das Selbstbewußtsein.
- ❐ Die Marke ist mir eigentlich egal, Hauptsache, die Kleidung entspricht meinem Stil.
- ❐ Ich lehne es ab, mit meiner Kleidung für eine Marke Reklame zu laufen.

SEGEN
Der tut mir gut

»Verdammt noch mal!« fluchte der 15jährige Frank. »Der Meier hat immer nur mich auf dem Kieker, dieser Idiot.« Fluchen kennt jeder. Das ist, dem anderen etwas Böses wünschen, ihm Schaden zufügen, sich an ihm oder ihr rächen wollen – wenigstens durch ein Wort. Aber Segen – was ist das eigentlich?
Segen ist das Gegenteil von Fluch. Segen ist ein Wort das heil und gesund macht. Segen ist auch eine religiöse Handlung, durch die ein anderer Mensch, ein Tier oder auch ein Gegenstand in besonderer Weise der Fürsorge Gottes anvertraut wird. Segen tut gut.

Ich frage mich:

- **Hat Segen etwas mit meinem Leben zu tun?**
- **Ist Segen etwas Frommes, das nur in der Kirche vorkommt, wenn der Pfarrer die Arme ausbreitet und Segensworte spricht?**

Mögliche Antworten

Wir waren zu Hause fünf Jungen. Unsere Stadtwohnung in Düsseldorf war zwar groß, trotzdem mußten drei von uns gemeinsam in einem Zimmer schlafen, weil der Platz nicht reichte. Ich erinnere mich genau, wie mein Vater damals jeden Abend vor dem Schlafengehen in unser Zimmer kam, sich reihum auf das

Bett eines jeden von uns setzte, und dann mit uns das Kindergebet sprach: Müde bin ich, geh zur Ruh'...
Manchmal leierte ich das altvertraute Gebet einfach so herunter, weil ich noch zu sehr mit anderen Gedanken vom Tag beschäftigt war. Dann und wann blieb ich auch hängen an der Frage, wie das denn gehen könnte, daß »Gottes Gnad und Christi Blut« allen Schaden gut machen. Das habe ich lange nicht verstanden. Vielleicht waren die einzelnen – mir oft unverständlichen – Worte auch gar nicht so wichtig an der Tür zu meinen kindlichen Nächten. Wichtiger und eindrücklicher war mir die warme, segnende Hand, die mein Vater mir nach dem Gebet auf den Kopf legte und dabei sagte: Behüt' dich der liebe Gott.
Bis heute hält mich dieser Segen meines Vaters – und das ist schon weit über vierzig Jahre lang.

Vor 18 Jahren wechselte ich aus einer Arbeitergemeinde im Ruhrgebiet als Berufsschulpfarrer ins Oberbergische Land. Meine Familie und ich zogen aus dem Smog des Duisburger Nordens in ein kleines Dorf.
Weiter oben am Wald gibt es ein Heim, in dem behinderte Menschen leben. Wir waren kaum ein paar Tage dort, da begegnete mir einer von ihnen auf der Straße vor dem kleinen Dorfladen. »Bist du der neue Pfarrer?« fragte er, und ich sah, daß ihm eine Reihe von Zähnen im Mund fehlte. Als ich erstaunt nickte, fiel Manfred plötzlich vor mir auf die Knie. »Segne mich!« Verblüfft zögerte ich einen Augenblick, dann schließlich legte ich ihm die Hand aufs schüttere Haar. »Ich segne dich«, sagte ich leise. Manfred blieb länger als eine Minute auf den Knien. Dann sprang er auf einmal hoch, drückte mich fest an sich und gab mir einen Kuß auf die Wange. »Danke, das hat mir gut getan!« Dann lief er grußlos weg. Jedesmal wenn ich ihm von nun an begegnete, durfte ich ihn erneut segnen.

Vor kurzem besuchte ich zusammen mit meiner Frau und drei Freunden – einen Gottesdienst in Altagracia. Der Ort liegt auf der Insel Ometepe im Großen Nicaragua-See.
Beim Friedensgruß kamen plötzlich fremde, dunkelhäutige Menschen auf uns zu. Wir wußten, daß die meisten von ihnen bitterarm waren, daß die Hälfte von ihnen weder lesen noch schrei-

ben konnte. Nur 10 Prozent von ihnen hatten Tagelöhnerarbeit mit einem Stundenlohn von 50 Pfennigen, gerade genug zum Essen und Trinken für ihre Familie. Die Indio-Mutter mit dem Kind auf dem Arm hatte Gott nicht ohne Grund mehr als zwei Minuten lang darum gebeten, daß er ihr für die kleine Tochter immer genug Reis geben möge, damit sie am Leben bleibe.
Paz – Frieden – wünschten uns die fremden Menschen. Und dieser Segenswunsch, zusammen mit ihrer Umarmung, machte uns mit einem Mal sehr vertraut miteinander. Wir waren nicht mehr Fremde, sondern Geschwister, die ihr Leben miteinander teilen. Verpflichtung für uns aus der reichen Welt, ganz konkret für diesen Frieden einzutreten, der die soziale Gerechtigkeit und die Bewahrung der Schöpfung einschließt: Wir hoffen, daß wir das kleine Gesundheitszentrum für die ärmsten Inselbewohner mit Hilfe der Spendengelder unserer Freunde noch in diesem Jahr fertigstellen können.

Wenn ich gefragt werde, was Segen für mich bedeutet, dann antworte ich mit zwei Sätzen:

– Segen verweist uns auf Gott, der die Fülle des Lebens ist.
– Segen ist etwas, das uns gut tut.

Vielleicht kannst du damit auch etwas anfangen?

WARUM SIND WIR AUF DER WELT, CHARLIE BRAUN?
UM ANDERE GLÜCKLICH ZU MACHEN!
ICH GLAUBE NICHT, DASS ICH IRGENDWEN SEHR GLÜCKLICH MACHE
ALLERDINGS MACHT AUCH MICH NIEMAND SEHR GLÜCKLICH …

IRGENDWER TUT DA SEINE PFLICHT NICHT !!

SELBSTTÖTUNG
Ich nehme mir mein Leben

Im Jahr 1993 nahmen sich 181 Jungen und 56 Mädchen im Alter von 15 - 19 Jahren das Leben. Die Zahl der Versuche, sich selbst das Leben zu nehmen (Selbsttötungs- oder auch Suizid-Versuche) unter Kindern und Jugendlichen steigt. Aus einer Statistik von 1993 geht hervor, daß die Zahl der gescheiterten Suizid-Versuche weit höher ist. Dabei ist die Anzahl der Versuche bei Mädchen etwa doppelt so hoch wie bei Jungen: Von 100.000 Jugendlichen im Alter von 15 - 19 Jahren haben 1991 etwa 110 Jungen und 330 Mädchen vergeblich versucht, sich das Leben zu nehmen. Zwei Jahre später - 1993 - waren es bereits 260 Jungen und 510 Mädchen. Ob ein Versuch gelingt oder nicht, hängt oft von Zufällen ab (nach SPIEGEL 26/95, S. 168ff).
Die Gründe für diese Todessehnsucht konnten weder Mediziner noch Psychologen bisher genau ergründen. Meistens kündigen sich die Selbsttötungsversuche vorher an.
Es ist gut, zu wissen, woran man schon frühzeitig erkennen kann, ob ein Freund oder eine Freundin gefährdet ist. Du kannst es ablesen an den Gefühlen des Betreffenden. Ein Mensch, der suizidgefährdet ist,

- zeigt ein niedriges Selbstwertgefühl
- fühlt sich einsam und unverstanden
- empfindet sich als hilflos und ausgeliefert
- erlebt seine Umwelt als bedrohlich und unüberwindbar
- verhält sich ängstlich, niedergeschlagen und verzweifelt. Stimmung und Gedanken gehen nur in eine Richtung.

Wenn du sein Verhalten genau beobachtest, merkst du, daß es sich verändert.

Ein suizidgefährdeter Mensch

- zieht sich von seiner Umgebung zurück, vernachlässigt Kontakte oder bricht sie ab;
- läßt sein Äußeres und seine Wohnung verkommen;
- hat keinen Appetit;
- neigt zu Alkohol-, Tabletten- oder Drogenmißbrauch;
- verhält sich gleichgültig und passiv;
- schläft schlecht;
- ist weniger leistungsfähig;
- ist starken Stimmungsschwankungen unterworfen, weint oft;
- spricht häufiger über den eigenen Tod;
- äußert möglicherweise den Wunsch, endlich zu sterben.

Wenn du solche Dinge an deinem Freund oder deiner Freundin feststellst, dann braucht er oder sie dringend Hilfe.

Ich frage mich:

- **Ist ein Selbsttötungsversuch nicht häufig nur »gespielt«, um auf sich aufmerksam zu machen?**
- **Kann ich jemandem helfen, der suizidgefährdet ist?**

Mögliche Antwort

Als Anna (17) auf der Toilette im Jugendheim gefunden wird, ist sie bereits bewußtlos. Neben ihr auf dem Boden liegt eine Pakkung mit Schlaftabletten. Leer. Der Jugendleiter fühlt den Puls, der nur noch schwach schlägt. Er ruft sofort den Notarztwagen und bringt Anna ins Krankenhaus. In der Notaufnahme wird sie untersucht. Die Ärztin stellt fest, daß keine Lebensgefahr be-

steht. Anna bekommt eine Infusion und wacht erst am späten Nachmittag des nächsten Tages wieder auf.
Was war diesem Versuch, sich das Leben zu nehmen, vorausgegangen?
Anna hatte vor etwa drei Jahren ihren ersten Freund im Jugendheim kennengelernt. Er war fünf Jahre älter und bereits am ersten Abend ihr »Traummann«. Sie erlebten wunderbare, verliebte Wochen und Monate. Dann allmählich begann der Alltag. Der Freund wandte sich wieder dem regelmäßigen Training in seinem Basketballverein zu. Er hatte plötzlich keine Zeit mehr für sie. Anna hätte so gern so viele schöne Dinge mit ihm unternommen, aber er war abends entweder zu müde oder hatte auf ihre Vorschläge »keinen Bock«. Die wenigen Wochenenden, an denen er nicht zu Turnieren unterwegs war, wurden zunehmend stressiger. Sie stritten sich wegen Kleinigkeiten, die einer am andern wahrnahm.
Dem Freund war Anna nach fast drei Jahren Freundschaft mittlerweile »lästig« geworden. Sie wollte zuviel von ihm, wozu er nicht bereit war. Aber er sagte ihr nicht klar, daß er am liebsten Schluß machen würde. Dazu fehlte ihm offenbar der Mut. Und Anna hatte ihre Hoffnung auf den »Traummann« noch nicht aufgegeben. Immer wieder versuchte sie, an die »alten Zeiten« anzuknüpfen, in denen es so schön war zwischen ihnen. Ihren Freunden und Bekannten kam sie launisch und zickig vor, weil sie immer wieder mit ihrem Freund stritt. Manche wollten mit ihr nichts mehr zu tun haben. Bald kam sie sich selber vor wie der »letzte Dreck«, den keiner mehr liebhaben konnte.
Aber weil der Freund nicht deutlich äußerte, was er wollte, wurde ihre Hoffnung auf eine gemeinsame Zukunft mit ihm immer neu genährt. Vom Kopf her wußte sie längst, daß er sie nicht mehr mochte, aber ihr Gefühl wollte das nicht wahrhaben. Als er dann an diesem Abend mit einem anderen Mädchen ins Jugendheim kam, ging bei Anna die letzte Sicherung durch. Schon seit längerer Zeit trug sie Schlaftabletten aus dem Medikamentenschrank ihrer Großmutter bei sich. Sie kaufte sich eine Coca Cola und ging damit zur Toilette...

Sie sah in ihrer Lage keinen Ausweg mehr. Ihr Selbsttötungsversuch war ein lauter »Ruf nach Hilfe«. Und Anna fand tatsächlich Hilfe: die Ärztin im Krankenhaus war die erste, die ihr über eine

Stunde zuhörte, als sie von ihren Qualen erzählte. Dann waren auch ihre Eltern da, die sie nicht ausschimpften, sondern ihr zuhörten und Mut machten, mit dem Schmerz der Trennung von ihrem Freund zurechtzukommen. Und außerdem gab es eine Reihe guter Freundinnen, denen sie ebenfalls und immer wieder von ihren Verletzungen erzählen konnte. So konnte Anna ihren Schmerz Stück für Stück »abarbeiten«. Und das dauerte eine ganze Zeit. Aber es hat ihr wahrscheinlich das Leben gerettet und neuen Mut zum Leben gemacht. Allein hätte sie es wohl nicht geschafft. Heute ist sie glücklich, daß sie von ihrem Freund losgekommen ist. Sie hatte in den Jahren nicht wahrgenommen, daß sie sich vollkommen von ihm abhängig gemacht hatte. Anna hatte alle Selbständigkeit verloren und sich an das Bild eines Traummannes geklammert, der ihr Freund in Wirklichkeit gar nicht war. Erst in der Krise des Selbsttötungsversuchs erkannte sie, daß sie jahrelang einem »Strohmann« nachgelaufen war, der ihre Weiterentwicklung hemmte. Erst in diesem Augenblick konnte sie sich von ihren »Idol« (=Götzenbild) befreien.

ALLE REDEN VOM SEX
Wir tun etwas

Streicheln, küssen, kuscheln, miteinander »schlafen« – jeder hat seine ganz persönliche Meinung vom Begriff »Sexualität« – kurz: Sex. Und tatsächlich, Sex ist vielschichtig. Es gibt wirklich so verschiedene Vorstellungen davon wie es Menschen gibt. Der eine versteht darunter die körperliche Liebe, die andere Verknalltsein und Begehren des anderen, der dritte schließlich Lust und Leidenschaft. Fachleute sind davon überzeugt, daß Sex vieles sein kann: Sex hat zu tun mit Intimität, mit dem Ausleben unserer Phantasie, mit großem Vertrauen und Sich-Öffnen, aber sicher auch mit ganz egoistischer Befriedigung des Sexualtriebes bis hin zur Gewalt.

»Sagen Sie Sandra, ihr wilder Tiger ist da.«

Richtig ist sicherlich, daß jeder von uns von Geburt an bis zu seinem Tod ein sexuelles Wesen ist. Richtig ist auch, daß wir Sex als konkretes Verhalten lernen können und müssen. Dazu brauchen wir Informationen und Anleitungen zum praktischen Handeln. Dazu gehören Bücher und Broschüren - bei vielen auch die BRAVO, mit ihren Aufklärungsseiten. Wir brauchen aber neben dem Wissen über Sex auch Menschen (z.B. Eltern, Lehrer), die - so offen sie können - mit uns darüber sprechen. Das Beste, was uns passieren kann, ist, wenn wir Eltern haben, die uns vorleben, daß Sexualität etwas ist, das Menschen bereichert und glücklich macht.

Ich frage mich:

Ich kenne Hunderte Fragen, die mir Jugendliche zum Thema Liebe, Freundschaft und Sexualität gestellt haben. Welche davon soll ich hier anführen?
Mein heißer Tip: Versucht – so ehrlich ihr das könnt – mit Freund und Freundin, Vater und Mutter, Lehrerin und Lehrer – über die Fragen zu sprechen, die ihr im Zusammenhang von Liebe und Sexualität habt. Gemeinsam kommt man auf die besten Antworten.

Zwei mögliche Angebote

Um nicht nur zu reden, mache ich zwei konkrete Angebote.

1. Fülle den folgenden **Fragebogen** in aller Ruhe aus. Danach könnte dein Freund/deine Freundin das gleiche tun. Anschließend vergleicht ihr eure Antworten. Da es sich hier ja um kein Geheimnis handelt, kannst du selbstverständlich auch mit anderen darüber reden.

Ich wünsche mir eine(n) Partner(in), die/der

- ☒ gut aussieht.
- ☒ gut zuhören kann.
- ☒ mich trösten kann.
- ☐ immer bei mir ist.
- ☒ mir meine Freiheit läßt.
- ☒ treu ist.
- ☒ lustig sein kann.
- ☐ mich braucht.
- ☐ selbständig ist.
- ☒ zärtlich ist.
- ☐ mich erotisch anspricht.
- ☒ gleiche Interessen hat.

Wähle fünf Eigenschaften aus und gib ihnen eine Rangfolge (1 = wichtigste Eigenschaft, 2 = zweitwichtigste Eigenschaft usw.). Vergleiche die Ergebnisse untereinander (z.B. Tabelle an der Tafel).

2. Wir basteln eine **»Beziehungskiste«**
   Die »Beziehungskiste« kann dir helfen, herauszufinden, was für eine funktionierende Partnerbeziehung wichtig ist.

Wir basteln eine Beziehungskiste

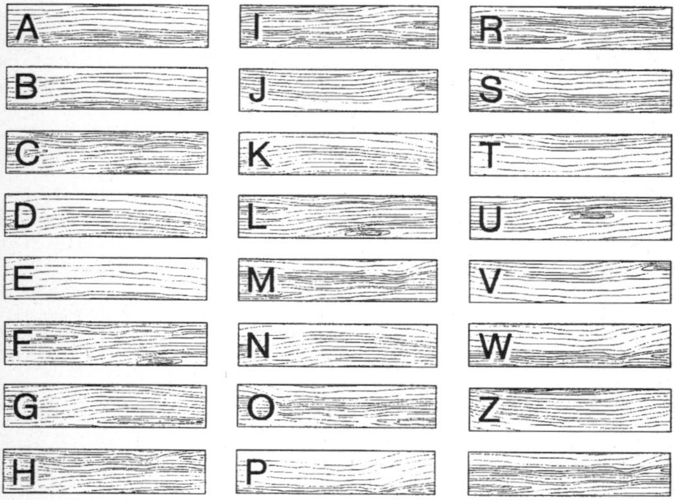

Was ist für eine funktionierende Partnerbeziehung wichtig?
Trage (möglichst) zu jedem Buchstaben einen »Beziehungs-Baustein« (Beziehungskisten-Brett) ein! Wähle die 8 wichtigsten Bausteine/Bretter aus.
Stelle den anderen deine »Beziehungskiste« vor und begründe deine Auswahl!
(Was hältst du eigentlich von dem Ausdruck »Beziehungskiste«?)

WOZU LEBE ICH?
Vom Sinn des Lebens

- »Wozu ich lebe? Keine Ahnung!«
- »Blöde Frage. Darüber mach' ich mir mal Gedanken, wenn es soweit ist. Also, wenn ich die Löffel abgeben muß.«
- »Sinn des Lebens? In die Schule gehen, danach Geld verdienen, heiraten, Haus bauen, ein Kind in die Welt setzen, sterben. Fertig!«
- »Mein Leben ist mir aufgezwungen worden. Das hab´ ich mir nicht selbst ausgesucht. Welchen Sinn soll das haben?«
- Daß es so einen wie mich überhaupt geben kann – das ist ein Wunder!

Die Antworten auf die Frage nach dem Sinn des Lebens sind so zahlreich wie die Menschen, die sich dieser Frage stellen. Viele wollen nicht darüber nachdenken. Sie leben einfach in den Tag hinein und lassen alles auf sich zukommen. »Es kommt doch wie es kommt. Warum soll ich mir darüber den Kopf zerbrechen?«
An den »Knackpunkten« unseres Lebens – wenn z.B. eine schwere Krankheit oder der Tod eines geliebten Menschen uns aus dem gewohntem Trott bringt – steht die Frage plötzlich wieder im Raum: Wozu lebe ich eigentlich? Wir kommen an ihr nicht vorbei.

Ich frage mich:

- **Ich habe meinen Vater gefragt, ob er den Sinn des Lebens kennt. Warum hat er nur mit den Schultern gezuckt und weiter Sportschau geguckt?**
- **Gibt es überhaupt einen Sinn im Leben, der für alle Menschen verbindlich ist?**

Mögliche Antworten

Zwei Menschen haben mir geholfen, Antworten auf die Frage zu suchen, wozu ich lebe. Der eine ist Jörg Zink. Er ist Pfarrer und Schriftsteller und hat viele Texte aus der Bibel in eine für uns heute verständliche Sprache übertragen. Von ihm stammen die folgenden »*Regeln für die Einübung ins Leben*«, die ich mir über meinen Schreibtisch gehängt habe:

Regeln für die Einübung ins Leben

Wer das Leben ohne den Tod ansieht oder den Tod ohne das Leben, kennt weder das eine noch das andere. Einübung ins Sterben bringt am meisten Klarheit über das Leben. Einübung ins Leben ist die beste Vorbereitung auf den Tod. Jeder geht als Anfänger in seinen Tod. Aber das Leben kann man so gestalten, daß auch sein letzter Schritt ohne Panik geschehen kann. Man findet dabei vielleicht die eine oder andere Regel:

Umgang mit der Zeit

Mit der Zeit umgehen lernen, Tag, Stunden und Augenblicke ausschöpfen und so sich mit den Grenzen der Zeit befreunden. Jedem Tag sein eigenes Recht geben; dem Spiel, dem Gespräch, den Plänen, dem Werk, der Fröhlichkeit, dem Nachdenken und dem Schlaf seine eigene Schönheit und Schwere lassen, und so auch den letzten Tag mit Vertrauen durchleben.

Umgang mit anderen Menschen

Nach Möglichkeit nichts tun, dessen Wiederholung man nicht wünschen könnte. Allabendlich jeden Streit beenden, ehe die Sonne untergeht, und nichts Ungeordnetes durch die Tage und Wochen schleppen. Denn man holt, was man in Jahren versäumt hat, nicht in Stunden auf.

Anderen ihre Schuld vergeben und Vergebung für die eigene Schuld erbitten und dies so, daß es nichts Ungewöhnliches, sondern etwas Tägliches ist. Darauf vertrauen, daß man Vergebung empfangen hat, von Gott und den Menschen, und dafür danken.

Umgang mit sich selbst

Jede besonders hohe Meinung über das eigene Leben, das eigene Wesen, das eigene Werk abbauen, Stück um Stück. So lange abbauen, bis kein Mensch mehr denkbar ist, auf den man herabsehen könnte. Wenig von aller Leistung halten und lächeln über den Stolz, der nicht loslassen will. Alles Vergleichen mit anderen aufgeben. Was verglichen werden kann, ist weder den Eifer noch die Angst wert. Daß man nicht schlechter sei als die andern, ist der Rede nicht wert. Dinge, Geld und Einfluß immer gelassener weggeben. Am Ende wird an ihnen nur dies noch wichtig sein, ob wir sie weggeben konnten.

Bilanz ziehen

Von einem Rückblick zum anderen mit weniger Wehmut, mit mehr Genauigkeit und mehr Dankbarkeit zurücksehen. Jeden Tag, jede Woche, jedes Jahr im Rückblick prüfen. Man muß geübt sein, das zu tun, wenn man in seiner letzten Stunde gezwungen ist, zurückzusehen und zusammenzuzählen. Man kann es nicht von selbst, sowenig wie eine Fremdsprache, die man zum erstenmal buchstabiert.

Das Leben hat immer Sinn

Der andere Mensch, der mich auf der Suche nach dem Sinn des Lebens stark beeinflußt hat ist Viktor Frankl. Sein entscheidender Satz heißt: *Das Leben hat immer Sinn.*

Professor Dr. med. Viktor Frankl ist ein ungewöhnlicher Mensch mit einem ungewöhnlichen Leben und ungewöhnlichen Ansichten. Er hat drei Konzentrationslager überlebt, mit 67 Jahren seinen Flugschein gemacht, ist begeisterter Bergsteiger – und hat die Logotherapie, die »Heilung durch Sinnfindung« entwickelt.
Frankl behauptet: »Das Leben hat immer einen Sinn. Nicht nur das Schaffen, das Handeln, das Tun ist sinnvoll. Nicht nur das Genießen, das Erleben, die Begegnung mit Menschen. Selbst dann, wenn ein Mensch mit einem unabänderlichen Schicksal konfrontiert wird, mit einem unheilbaren Leiden, kann er noch einen Sinn finden, indem er eine tragische Situation in einen menschlichen Triumph verwandelt.«
Frankl weiß, daß gerade heute viele Menschen an der Sinnlosigkeit leiden. »Wir haben Arbeit, Geld, Freiheit, Freizeit. Die Wohlstandsgesellschaft hat alles, wovon sie leben, aber nichts mehr, wofür sie leben kann.«
Das liegt am Verfall der Tradition. »Im Gegensatz zum Tier sagen dem Menschen keine Instinkte mehr, was er tun muß, und im Gegensatz zu früher sagen ihm heute keine Traditionen mehr, was er tun soll.« Die Folge: man tut, was alle tun (=Konformismus), oder man tut, was andere von einem wollen (=Totalitarismus).
Wie findet man Sinn? Frankl: »Kein Tier hat jemals nach einem Lebenssinn gefragt. Aber der Mensch, der aus geistiger Mündigkeit heraus den Mut hat, nach dem Sinn seines Lebens zu fragen, der muß auch Geduld haben und warten können, bis er ihm eines Tages bewußt wird. Denn den Sinn als solches gibt es nicht. Sinn kann man nicht erfinden. Man muß ihn finden.«
Drei Jahre Konzentrationslager Dachau, Auschwitz, Theresienstadt. Seine Eltern, sein Bruder, seine Frau starben dort. »Ich habe mir gedacht: Wenn ein Verzweifelter liest, daß da irgend jemand in Auschwitz war und selbst dort – angesichts der Gaskammern – seinen Glauben an seinen Lebenssinn niemals aufgegeben hat, dann glaubt er es ihm.«
Frankl lehrt an Universitäten, schreibt Bücher, hält Vorträge – aber er sucht das Gespräch mit Selbstmordgefährdeten, Strafgefangenen, verzweifelten alten und jungen Menschen.

Wenn du deinen eigenen Weg gehst, dann...

... gehst du nicht die Wege der anderen.
... folgst du nicht fremden Wünschen und Vorstellungen.
... hörst du auf deine eigene innere Stimme.
... hörst du nicht auf fremde Stimmen.
... wirst du freier vom Urteil der Menschen.
... wagst du zu sagen, was du denkst.
... wagst du zu tun, was du sagst.
... weichst du weniger aus und entwickelst Stehvermögen.
... stehst du zu dir selbst.
... bist du dir selbst ein Freund.
... fängst du an, dich und andere zu lieben.
... wird dein innerer Schatten schmaler.
... schiebst du weniger von dir auf andere.
... wirst du in deinen Entscheidungen klarer.
... wirst du dir selbst treuer.
... vertraust du dir selbst und auch anderen mehr.
... sagst du ja zum Leben.
... lebst du mitten im Leben.
... schöpfst du dein Leben aus.
... sagst du ja zum Tod.
... gehst du deinen Weg zu deinem Ziel.

Uwe Böschemeyer

STRESS
Dauernd unter Dampf

Schon Schüler in der Grundschule kennen Streß – Klassenarbeiten, Hausaufgaben und den Druck von Terminen in der Freizeit. Streß ist ein verhältnismäßig neuer Begriff aus der Psychologie. In unserer Zeit der modernen Industriegesellschaft ist der einzelne Mensch durch Konkurrenzverhalten und Leistungsdruck oft einer starken Belastung ausgesetzt. Manchmal steht er so massiv und andauernd unter Dampf, daß er gar nicht mehr weiß, wie er das alles bewältigen soll. Dann spricht man vom Streß.
Streß kann durch unterschiedliche Reize hervorgerufen werden. Nicht nur durch Ärger, Druck und Streit, sondern auch durch laute Musik im Walkman oder in der Disco. Auch bei ständigem Radiohören oder andauerndem Fernsehen spricht man von »Reizüberflutung«, die zum Streß führen kann.
Allerdings – die Menschen reagieren sehr unterschiedlich auf Streß. Der eine hält ihn besser aus als der andere. Meistens gehen dem Streß-Stadium einige Dinge voraus:

- Man steht unter Zeitdruck. Zuviele Termine häufen sich an einem Tag und können nicht mehr bewältigt werden.
- Man hat z.B. in der Schule einen Mißerfolg gehabt, eine oder mehrere Klassenarbeiten, die »danebengegangen« sind.
- Man hat Streit mit einem Klassenkameraden, mit Eltern oder Lehrern, der sich einfach nicht lösen läßt.

Dann kommt es als nächstes zu einem Alarmzeichen: Adrenalin, das Hormon aus der Nebenniere, schießt ins Blut und bringt das Herz zum Rasen. Das Herz läuft auf vollen Touren wie der Motor bei einem Rennwagen. Wenn die Belastung nicht aufhört und sich das Problem nicht lösen läßt, kommt es schließlich zur völligen Erschöpfung

des Menschen. Der Mensch läuft herum wie gehetzt und läßt sich schließlich, wenn nichts mehr hilft, vom Arzt Medikamente verschreiben, die entweder seine Leistung noch weiter steigern helfen oder beruhigen sollen.
Klar ist, daß keine Pille die tatsächlichen Ursachen des Streß beseitigen kann. Man muß schon genau hinsehen und überlegen, ob und wie die Quellen des Streß zum Versiegen gebracht werden können.

Ich frage mich:

- **Sind auch Jugendliche und Kinder schon vom Streß betroffen?**
- **Was kann ich selber gegen Streß tun?**

Mögliche Antwort

Ja, leider sind auch Kinder und Jugendliche viel zu häufig Opfer des Streß. Sie schaffen ihre Hausaufgaben nicht oder sie kommen mit der Klassenarbeit nicht zurecht – in der Schule haben sie nicht genügend Hilfen und die Eltern haben aus unterschiedlichsten Gründen auch keine Zeit, sie zu unterstützen. Manchmal wissen sie sogar in ihrer freien Zeit nicht, wie sie alle Termine – vom Musikunterricht bis zum Tennisspielen – unter einen Hut bringen sollen. Dann spricht man vom »Freizeitstreß«.
Prof. Lohaus von der Uni Münster hat schon vor ein paar Jahren festgestellt, daß sich dieser Streß bei jungen Leuten in Kopf- oder Bauchschmerzen äußert. Viele werden auch sehr nervös oder haben Schlafstörungen.
Deshalb hat der Professor zusammen mit einer Krankenkasse Kurse zur Streßbewältigung für junge Menschen entwickelt. An acht Nachmittagen lernen die Kids, wie sie

ihre Probleme lösen können - und dazu noch Techniken zur Entspannung. Demnächst soll es dieses Kursprogramm bundesweit geben unter dem Titel »Bleib locker«. Der Professor meint auch, daß nach dem Kurs die meisten viel weniger Streßempfinden gehabt hätten. Wichtiger als Entspannungstechniken und Ruhepausen seien aber die Hilfen zur Problemlösung gewesen:

- Rede mit anderen über deine Streßgefühle und schlukke sie nicht in dich hinein.
- Mach dir einen besseren Zeitplan und lade dir nicht zuviel auf, was du nicht schaffen kannst.
- Trau dir was zu und sag nicht: Ich bin ja doch nichts wert, und ich kann sowieso nichts. Du bist ein einmaliger Mensch und es gibt bestimmt etwas, was du besonders gut kannst.

Wenn ich selber unter starkem Streß stehe und nicht zur Ruhe komme, dann erinnere ich mich gern an die Geschichte mit dem kleinen Jungen, der im Sandkasten sitzt. Der Sandkasten gehört zu dem Spielplatz mitten in der Stadt. Busse fahren vorbei, Autos hupen, Straßenbahnen klingeln, andere Kinder schreien, seine Mutter ruft nach ihm. Aber der Kleine hört und sieht von all dem Lärm um ihn herum nichts. Er sitzt vollkommen versunken am Rand des Sandkastens und folgt staunend mit dem Finger einer Ameise, die durch den Sand läuft. Die Zeit scheint stillzustehen, staunend beobachtet der Junge nur dieses kleine Tier. Kleine Kinder müssen »Entspannungstechniken« nicht erst lernen.
Diese Geschichte fällt mir ein, wenn es in mir rast. Dann setze ich mich gern in einen Raum, in dem ich ungestört bin. Kein Radio, kein Fernsehen, kein Telefon. Ich setze mich locker in den Sessel und schließe die Augen. Dann achte ich auf meinen Atem, auf das Ein- und Ausatmen, das immer ruhiger wird. Die Geräusche um mich herum stören mich nicht mehr. Schließlich wird es still in mir und ich gebe mich irgendeinem schönen Bild in meiner Phantasie hin: dem Rauschen der Wellen am See, der vor mir in der Sonne liegt.

Nach einer Weile merke ich, daß der Motor, der eben noch auf Hochtouren lief, allmählich in einen ruhigen Lauf zurückkehrt. Die ganze Übung dauert nicht länger als eine Viertelstunde, aber ich bin danach wieder sehr frisch und entspannt.
Wenn du damit Mühe hast und dir diese Art der Entspannung zu anstrengend ist, empfehle ich dir eine kleine spielerische Übung, die – fast – allen meiner Schülerinnen und Schülern großen Spaß macht: Male doch einfach das Mandala aus, das nach diesem Text kommt.
Mandalas sind Muster wie sie unter anderem in den Fenstern alter Kirche vorkommen. Während du das Mandala mit bunten Stiften ausmalst, spürst du auf einmal, wie du immer ruhiger und gelassener wirst und der Streß von dir abfällt.

TECHNO
Musik oder Lebensgefühl?

An jedem Wochenende läuft in zahlreichen Diskotheken in der Bundesrepublik etwa folgendes ab: Zu einem Blitzlichtgewitter aus Laserkanonen dröhnen Techno-Rhythmen aus riesigen Boxen. Techno-Maschinenmusik, am Computer entworfen, im immer gleichen Rhythmus. Die dröhnenden Bässe schlagen voll durch. Techno ist für viele Jugendliche mehr als Musik. Techno ist für sie ein Lebensgefühl, das meist mit Drogenkonsum verbunden ist. Viele Jugendliche nehmen zur Techno-Musik die synthetische (=zusammengesetzte) Droge Ecstasy ein, meistens in Tablettenform.

Mit Hilfe dieser »Wachmacher-Droge« Ecstasy putschen sie sich auf und halten auf diese Weise das langdauernde Tanzen durch. Am Ende steht oft der totale Zusammenbruch. Auch in Deutschland hat es bereits die ersten Toten gegeben, die infolge der Einnahme von Ecstasy gestorben sind.

Tekkno, so die Szene-Schreibweise von »Techno«, ist die Musik der Kids der neunziger Jahre. Techno wurde in Videoclips schon vor einigen Jahren hauptsächlich über den britischen TV-Musiksender MTV und entsprechende Artikel in einschlägigen Jugendzeitschriften verbreitet und wird mittlerweile auch in der Bundesrepublik von hunderttausenden Jugendlichen »angenommen«.

Auch das klassische Outfit bei den Techno-Fans, den »Ravern« (von engl. rave = rasen, toben, schwärmen), ist ähnlich wie die Musik: immer schrill, immer cool, immer künstlich. Sie erinnern in ihrem bunten Aufzug mit Pudelmützen, Piratentüchern und Ketten ein wenig an die Hippies der siebziger Jahre. Im Gegensatz dazu sind sie jedoch keine Aussteiger. Schüler und Studenten sind unter ihnen ebenso zu finden wie Bankleute, Krankenschwestern und Beamtenanwärter.

»Der Zustand, den die Leute haben, die auf Techno-Partys zusammenkommen, hat was mit Gemeinschaft zu tun. Sie wollen Gefühle teilen, zusammen lachen, vielleicht auch, was erzählen. Aber sie kommen friedlich zusammen, es gibt kaum Aggressionen. Techno ist ein neuer Baum in einem Wald der Musik heißt.«

Sven Väth, 29,
Deutschlands bekanntester Techno-Diskjockey

Beobachter der Szene sehen in Techno eine ideale Konstruktion aus Jugendhappening und Kultursponsoring durch Markenfirmen. Immerhin beschwören von der Jugendzeitschrift »Bravo« bis zum »Spiegel« auch die Printmedien das »Techno-Zeitalter« – eine »schöne neue Welt« im Tanz- und Drogenrausch.
Die Techno-Kids der Neunziger wollen »die Gesellschaft« nicht verändern. Nach meiner – nicht repräsentativen – Umfrage unter Schülerinnen und Schülern, die sich selber als Techno-Freaks ansehen, sind die meisten von ihnen an gesellschaftspolitischen Fragen kaum interessiert. Sie wollen ausschließlich ihren »Spaß«. Und am Montagmorgen hat sie der »kleinbürgerliche« Alltag wieder...

Ich frage mich:

- **Ist Techno-Musik eigentlich immer mit Drogen verbunden?**
- **Kann Techno-Musik krank machen?**

Einige mögliche Antworten

Auch wenn viele »Raver« bestreiten, Drogen zu nehmen – die Aussagen der Techno-Fans, die ehrlich sind, sprechen dagegen.

»Techno geht immer mit Drogen ab. Alles andere sind Schutzbehauptungen«, sagt z.B. Marc (19). Er muß es wissen, er kennt seit ein paar Jahren fast jede größere Diskothek in ganz Deutschland, weil er mit Freunden an jedem Wochenende irgendwo hinfährt, wo Techno läuft. »Natürlich gibt es genügend Leute, die sich Techno über ihren Walkman reinziehen«, meint er dann. »Die nehmen nicht alle Ecstasy. Aber in den Discos kenne ich kaum einen, der ohne Drogen durchhält.«
Wer 140 Schläge pro Minute mit großer Lautstärke in den Körper gehämmert bekommt, der wird das auf lange Sicht kaum aushalten. Die Ohren werden taub, und die Nerven halten das auf Dauer auch nicht aus. Solche Folgen merkt man aber oft erst viel später. Um genauer zu wissen, was unter »Ravern« abgeht, werfen wir einen Blick in eine Techno-Diskothek:

Herzgewitter. Hundertvierzig Schläge die Minute. Im Magen wummern die Bässe, in den Augen zucken Blitze. Und alle zehn Minuten schiebt der Barkeeper in der Bonner Diskothek »Index« die Gläser wieder ins Regal, die wegen der Vibration ständig nach vorne hüpfen. Draußen, in der Einlaßschlange vor der supermarktähnlichen Techno-Discothek im Bonner Vorort Weilerswist, steht Miriam. Lässig wippt die zierliche Schwarzhaarige zu den dumpfen Baßlauten, die herausdringen. Über ihrem Kopf ragen Flutlichtstrahlen wie gekreuzte Finger in den Himmel.
Es ist Samstagnacht halb eins, und die Schlange wird immer länger. Hände hoch, abtasten, Taschen ausleeren, Schuhe ausziehen, Geldbörse aufgemacht. Nasentropfen werden konfisziert, Lippenstifte und Cremetuben aufgedreht, geschüttelt, gequetscht. Die Türsteher suchen nach Drogen. Gründlich. Doch die Techno-Gemeinde hat Zeit. Das Wochenende fängt erst an. Eine halbe Stunde später ist Miriam drin. Sie kennt fast jeden hier. Umarmungen, Küsse. Die 20jährige Grafik-Designerin feiert fast jedes Wochenende, immer zwei, drei Tage am Stück. Ein Nomadenleben. Parties in Bonn, Parties in Köln. Und wenn was in Berlin passiert oder in Frankfurt oder in Amsterdam, dann fährt man eben hin.

Die Menschenmenge wippt und schwitzt. Auf der Tanzfläche, vor der Bar, auf den Gängen, sogar auf dem Klo. Manche hüpfen hibbelig von einem Bein auf das andere, manche schweben wie in Trance. Paare sieht man kaum. Auf den ersten Blick ein buntes Völkchen, doch auch hier gibt es Zeichen des Dazugehörens. Pudelmützen bei fünfzig Grad Raumtemperatur, freier Oberkörper, weite Jeans, umgebundener Pullover, schwere Schuhe – das ist klassisch. Schlipsträger haben keine Chance.

Miriam geht aufs Klo und packt ihre Pillen aus der Unterhose wieder in die schwarze Schlagjeans. »It´s part of the game«, sagt sie und lacht. Eine der kleinen beigen Ecstasy-Tabletten, die sie für 30 Mark das Stück gekauft hat, bricht sie durch.

»Ein Ei«, lacht sie. Eine halbe für sie, eine halbe für die Freundin, den Rest für später.

Miriam hüpft auf die Tanzfläche zurück wie ein Gummiball. Sie taucht ein in die Menge, im immer gleichen Rhythmus. Maschinenmusik. Am Computer entworfene Endlosschleifen aus donnernden Bässen und schwebenden Melodien. Aufpeitschend und einlullend zugleich ...

Frauke Hunfeld

DEINE UMWELT BRAUCHT DICH
Schöpfung bewahren

Täglich erfahren wir, daß unsere Umwelt behindert, vergiftet oder endgültig zerstört wird. Manchmal können wir schon gar nicht mehr zuhören, weil die Meldungen von Umweltkatastrophen in aller Welt sich derartig häufen – und unser ohnmächtiges Gefühl zugleich wächst: Was kann ich denn schon daran ändern?
Das Wasser ist durch den vielen Dünger im Boden gefährdet. Ohne Wasser gibt es kein Leben.
Die Tiere sind bedroht. Sie werden oft als minderwertig betrachtet und nur nach ihrem Nutzen bewertet. Wir machen mit ihnen Versuche, ohne nach ihren Qualen zu fragen.
Wir zerstören Bäume. Ohne sie werden wir bald keine Luft zum Atmen und auch kein Wasser zum Trinken mehr haben.
Wer aber weiß einen Ausweg? Ich bin überzeugt, daß es keine Schande ist, wenn wir nicht sofort für alle Probleme eine Lösung haben. Vielleicht müssen wir erst einmal nachdenklich werden und mit anderen Augen sehen lernen, bevor wir anfangen zu handeln.

Ich frage mich:

- **Alle reden von Umweltschutz. Aber wer tut wirklich etwas?**
- **Was kann denn die/der einzelne gegen Umweltzerstörung tun?**

Eine un-mögliche Antwort?

Lisa (18) erzählt von ihrer Begegnung mit Dubbel, einem Mann, den viele für nicht ganz richtig im Kopf halten. Er hat auf ungewöhnliche, ja ver-rückte Weise darauf aufmerksam machen wollen, daß jeder Mensch als Teil dieser Erde auch eine Verantwortung dafür trägt:

Wir gehen hinunter bis an den Rhein. Unterwegs kaufen wir noch ein paar Brötchen und Orangensaft. Auf einer Bank hinter dem Museum lassen wir uns nieder. Von da aus können wir den vorüberfahrenden Schiffen zusehen.
Hier hatte ich schon oft gesessen, bevor ich Dubbel kennenlernte. Das Fernweh kommt an diesem Platz so gut, aber auch die Erinnerungen an Jens, mit dem ich fast zwei Jahre zusammen war.
An diesem Morgen will ich mich nicht damit belasten. Ich will etwas von Dubbel erfahren, nach diesen schrecklichen Erlebnissen in den Kellern der Elisenstraße.
In den letzten beiden Tagen hat es mich mehr und mehr gedrängt, diesen geheimnisvollen Mann, der jetzt neben mir sitzt, noch genauer kennenzulernen. Wer verbirgt sich hinter dieser Maske des zahnlosen Clowns, der ein so großes Herz für die Zukurzgekommenen hat?
Schließlich gebe ich mir einen Ruck: »Du, Dubbel, sag mal: was hast du eigentlich für ein Geheimnis?«
Immerhin kennen wir uns doch schon fünf Tage, und ich denke, endlich ein Recht darauf zu haben, Dubbels Geschichte zu erfahren.
»Ja«, sagt er, nachdem er mich eine ganze Weile auf seine eigene Art angesehen hatte. »Ja, ich will es dir erzählen. Sie wollen mich mundtot machen.«
Ich verstehe nicht sofort, was er meint: »Wieso denn?

Du sprichst, mit wem du willst, sagst, was du denkst und tust, was dir Spaß macht. Was wollen sie von dir, und wer sind *sie* überhaupt?«

Er nimmt ein Brötchen aus der Tüte. »Es wird eine längere Geschichte, da muß ich mich vorher stärken. Mein Magen knurrt schon wie ein Hund.«

Mir dauert es Ewigkeiten, bis er das trockene Brötchen mit einigen Schlucken aus der Saftflasche endlich zermalmt und heruntergebracht hat. Fußgänger sehen schon zu uns herüber. Als ich es vor Ungeduld kaum noch ertragen kann, holt er das Plastikpüppchen hervor, das ich bereits bei unserem ersten Treffen am Brunnen gesehen hatte.

»Der Taucher weiß zuviel«, beginnt er leise zu sprechen. »Er war damals bei einer Firma beschäftigt, die Arbeiten unter Wasser ausführte. Der Taucher mußte schweißen, wenn ein Pfeiler gebrochen oder wenn ein Kessel undicht war. Dann zog er seinen Gummianzug an, setzte seine Taucherkugel auf den Kopf – und ab gings ins Wasser.

Der Taucher hatte auch einen Freund, der in derselben Firma arbeitete. Eines Tages mußten sie mit dem Einsatzboot auf den Rhein hinausfahren. Irgendwo in der Strommitte lag ein Rohr. Das mußten sie suchen. Das Rohr war verstopft, sagt man ihnen.

Und so tauchte der Freund des Tauchers als erster hinunter, um das Rohr zu suchen. Es kam aus einer großen Chemiefabrik. Die leitete ihre Abwässer in den Rhein, hieß es.

Der Freund des Tauchers blieb ziemlich lange unten. Er hatte das Rohr tatsächlich gefunden und die Verstopfung beseitigt. Aber als er wieder aufgetaucht war, sah er sehr blaß aus unter seiner Taucherglocke, die an einer kleinen Stelle undicht war. Flüssigkeit war hineingelaufen.

Als der Taucher seinem Freund die Glocke vom Kopf genommen hatte, brach der zusammen. So rasch sie konnten, fuhren sie ihn ins Krankenhaus. Dort stellte

man schwere Vergiftungen fest. Der Freund des Tauchers war lange Wochen arbeitsunfähig.«
Dubbel holt das zweite Brötchen aus der Tüte, atmet tief. Dann erzählt er zwischen den Bissen weiter. »Der Taucher wollte Anzeige gegen die Chemiefabrik erstatten, weil sie seinen Freund vergiftet hatte. Aber der Chef riet ihm ab, das bringe nur Ärger, und außerdem säße die Chemiefabrik bekanntermaßen am längeren Hebel.«
Dubbel hustet plötzlich, wohl weil er einen Krümel in den falschen Hals bekommen hat. Sein Kopf wird puterrot, die Adern treten an den Schläfen hervor. Ich kriege es mit der Angst, und klopfe ihm heftig auf den Rücken. Allmählich fängt er sich wieder.

»Aber der Taucher wollte nicht aufgeben. Schließlich konnte er ja selber beim nächsten Mal vergiftet werden, oder andere Menschen. Man muß der Chemiefabrik das Handwerk legen, dachte er und schrieb dann doch eine Anzeige. Als sein Chef das erfuhr, warf er ihn raus. Aber das machte dem Taucher nichts mehr aus. Er schickte seine Anzeige weg und – hörte lange nichts. Monate später erhielt er ein Schreiben des Staatsanwaltes: Man könne der Chemiefabrik nichts nachweisen, und darum werde das Verfahren eingestellt. Basta!« Dubbel sieht nach diesen Worten mit einem langen Blick auf den Rhein hinaus.
»Und deswegen verfolgen die dich?« frage ich ungläubig. »Das ist doch kein echter Grund. Das muß doch drin sein, daß einer Anzeige erstattet gegen so eine Chemiefabrik.«
Dubbel nickt. »Ist es auch, aber es hat ja nichts genützt, oder?«
Ich hole mir noch ein Brötchen aus der Tüte, bevor Dubbel sie alle gegessen hat. Mit vollem Mund frage ich: »Aber da kommt doch noch was, das ist nicht alles.«
Wieder nickt er. »Der Taucher hatte ja nun viel Zeit. Und so kam er auf die Idee, am Rheinufer spazieren-

zugehen, unterhalb der Chemiefabrik. Bei schönem Wetter und bei schlechtem Wetter lief er am Rhein entlang. Immer hatte er eine große Tüte dabei. Dahinein sammelte der ehemalige Taucher alle toten Fische, die er am Ufer fand, aber auch andere Lebewesen wie Ratten. Zu Hause hatte er eine alte Schubkarre. Darauf lud er die Ausbeute an toten Tieren von einer Woche, fuhr in der Dunkelheit der Nacht vor das Haupttor der Chemiefabrik und kippte den Inhalt der Schubkarre auf die Treppe.

Zweimal ging es gut, er wurde nicht entdeckt. Die Zeitungen hatten bereits vom »Anschlag eines Verrückten« berichtet. Der Taucher selber hatte beide Male von ferne zugesehen, wie sich die Sache mit den toten Fischen auf der Treppe entwickelte. Er hatte seine heimliche Freude an dem Entsetzen der Angestellten, die am frühen Morgen über die Kadaver stolperten. So würde er es ihnen heimzahlen, dachte er.

Dubbel erhebt sich von der Bank, macht einige Kniebeugen, daß es in den Gelenken knackt. Er reißt die Arme auseinander, als wolle er fliegen, gähnt mit aufgerissenem Mund wie ein Nilpferd, das gerade auftaucht. Dann lacht er völlig unerwartet.

»Das Schönste kommt ja noch. Wieder hatte er eine Woche lang fleißig Fischleichen gesammelt, ein paar bemooste Schuhe waren auch darunter. Er war gegen Mitternacht losgezogen, da plötzlich schnappten sie ihn. Eine Polizeistreife hatte offenbar schon auf ihn gewartet.

Der Taucher kam nicht mehr dazu, seine stinkende Fracht abzuladen. Die Polizei war schneller und nahm ihn fest. Er hatte sich nicht gewehrt, aber hinterher trotzdem einige blaue Flecken. Nach einem längeren Verhör bei der Polizei, schickten sie ihn weiter zu einer psychiatrischen Untersuchung. Ob er verrückt war, sollten die da herausfinden.

Die Ärzte wurden sich nicht einig. Und so entließen sie ihn bald darauf, mit der Warnung, so etwas nicht

wieder zu tun. Sonst müsse man ihn doch ...« Während der ganzen Zeit hat Dubbel so ein merkwürdiges Lächeln im Gesicht, als hätte er Drogen genommen. »Am Sonntag vor Weihnachten war es dann soweit. Der Taucher zog seinen alten Taucheranzug an und stellte sich vor den Haupteingang des Doms. Mit den letzten Groschen seiner Arbeitslosenhilfe hatte er sich von einem Schnelldruckdienst 500 Flugblätter drukken lassen: Rettet Gottes gute Schöpfung.

Die Glocken läuteten zum Vaterunser, dann kamen die Gläubigen herausgeströmt. Viele nahmen ein Flugblatt an, manche warfen es aber nach wenigen Schritten wieder in den Papierkorb.
Das tat dem Taucher weh. Und so begann er laut aus der Bibel zu rezitieren: Er stößt die Gewaltigen vom Thron und erhebt die Niedrigen. Die Hungrigen füllt er mit Gütern und läßt die reichen leer. »Kennst du die Stelle, Lisa ?« Dubbel sieht mich an. Ich schüttele den Kopf. »Du glaubst es nicht, aber das singt Maria ein paar Monate, bevor sie Jesus bekommt. Unglaublich, was? Eine so fromme Frau.« Dubbel setzt ein spitzbübisches Lächeln auf.
»Da konnten sie wohl nicht anders, als mir die Polizei auf den Hals zu hetzen. Es dauerte nicht mal so lange wie damals bei meinem Vater. Vielleicht zehn Minuten später waren sie da. Sie fragten nach meinem Ausweis. Ich hatte ihn nicht bei mir. Sie nahmen mir die restlichen Flugblätter ab und brachten mich höflich, aber bestimmt zur Wache.« Dubbel feixt wieder.
»Im Streifenwagen habe ich dann noch ein paar Zeilen aus dem bekannten Lutherlied: Ein feste Burg ist unser Gott gesungen. Da hatte es mir die Strophe besonders angetan: Und wenn die Welt voll Teufel wär und wollt uns gar verschlingen, so fürchten wir uns nicht so sehr, es soll uns doch gelingen.« Die letzten Worte singt Dubbel aus voller Kehle, so daß einige Passanten verblüfft stehenbleiben.

Mir ist sein Auftritt nicht mehr so peinlich wie bei den ersten Malen. Inzwischen weiß ich ja, daß er das ausspricht, was ihm auf der Seele liegt. Die meisten Menschen tun das nicht, sie denken bestimmte Dinge eben nur heimlich.

Aber Dubbel ist da anders. Verrückt? Ich war nicht mehr so sicher wie am Anfang der Woche. Und wenn schon, wahrscheinlich ist er auf seine Art normaler als die »Normalen«, die mir sonst über den Weg laufen. So springe ich auf und beginne zu tanzen.

»Noch mal«, sporne ich ihn an. Dann tanzen wir mit ausgestreckten Armen einen außergewöhnlichen Tanz: So fürchten wir uns nicht so sehr, es soll uns doch gelingen. Mindestens ein Dutzend Mal singen wir diesen Vers, wieder und wieder, lauter und leiser – bis wir außer Atem auf die Bank plumpsen. Die mitleidigen Blicke unserer Mitmenschen nehmen wir als Beifall.

»Kannst du dir vorstellen, daß ich nach meinem Auftritt vor dem Dom etwas länger in der Psychiatrie bleiben mußte?« fragt Dubbel und japst nach Luft wie ein Fisch auf dem Trockenen.

»Würde dich das stören, wenn einer mal in der Klapsmühle war?« Dubbel sagt »Klapsmühle«, aber ich höre die Gänsefüßchen heraus, in denen er das Wort braucht.

»Na sicher doch«, keuche ich, um ihn auf den Arm zu nehmen. »Die konnten gar nicht anders, du verrücktes Huhn.«

Dann falle ich ihm um den Hals, zerzause seine struppigen Haare noch mehr, zupfe frech an seinem Bart, daß er schreit, und küsse ihm endlich auf seine Nase.

»Ich find dich toll, Dubbel!« flüstere ich ihm ins Ohr.

»Du glaubst gar nicht wie sehr.« Vorsichtig nehme ich mein goldenes Halskettchen ab. Meine Mutter hatte mir das Kreuz an der Kette zum Geburtstag geschenkt.

»Für dich«, flüstere ich ihm ins andere Ohr und lege es um seinen Hals.

VORURTEILE

Der ist ja gar nicht so

Wir alle kennen sie. Wir alle haben sie auch – mehr oder weniger. Von Vorurteilen ist die Rede. Vorurteile sind vorschnelle, häufig ablehnende Urteile über andere Menschen und Dinge. Vorurteile beruhen auf gar keiner oder nur geringer Erfahrung. Und – sie lassen sich schwer abbauen.
Vorurteile kommen in allen Schichten unserer Gesellschaft vor. Je früher im Leben eines Menschen Vorurteile entstehen, desto fester prägen sie sich ein. Die Fachleute sagen auch, daß jemand, der sich starken Gruppen anpassen oder unterordnen muß, geradezu das Bedürfnis entwickelt, über »Außenseiter« herzuziehen. Sehr häufig finden wir Vorurteile gegenüber »Fremden«. Hier spielen sicherlich auch noch tiefsitzende Ängste eine wichtige Rolle.

Ich frage mich:

- **Was bedeuten Vorurteile für das Zusammenleben von Menschen?**
- **Lassen sich Vorurteile überhaupt abbauen?**

Mögliche Antworten

»Alle Menschen sind gleich.« Stimmt.
»Alle Menschen sind gleich, aber trotzdem sind wir alle verschieden.« Stimmt auch.

Könnte es nicht spannend sein, einmal ganz genau hinzusehen und dabei neue und vollkommen andere Erfahrungen im Umgang mit »Fremden« zu machen?
Jeder von uns erlebt die Welt anders. Ich halte es für eine großartige Bereicherung meines Lebens, die Welt mit den Augen anderer Menschen ganz neu zu sehen.
Einer meiner Schüler, der massive Vorurteile gegenüber »Ausländern« hatte, hat das folgende erlebt. Er wollte es zuerst selber nicht glauben, aber dieses Erlebnis hat ihn »umgekrempelt«. Volker hat mir seine Geschichte geschenkt.

Ein Stückchen neuer Mensch

Es klingt wie ein Sack Kartoffeln, den einer mit Schwung auf den Boden setzt. Volker dreht sich um. Zu sehen ist nichts. Die Straßenlaternen brennen nur auf einer Seite. Doch - da war etwas. Ein gurgelnder Laut, dann ein tiefes Stöhnen. Vorsichtig setzt er seine Tasche mit den Sportsachen ab. Auf Zehenspitzen schleicht er zur Toreinfahrt zurück, an der er eben vorbeigeschlendert war.
War das nicht? Natürlich. Er erkennt die weiße Schrift an der Hauswand wieder. Das »Türkenhaus« - wie sie es nannten. Letzte Woche hatte er gemeinsam mit drei Mitschülern die »Verzierungen« aus der Sprühdose angebracht. »Unsere Stadt muß schöner werden«, meinte Ingolf. Und dann hatten sie gesprüht: Türken raus! Kanaken aus Deutschland! Ausländer weg! Bis die Dosen nur noch Treibgas auszischten. Keiner hatte sie gesehen. Ihren Sieg hatten sie bei Kleins an der Ecke gefeiert. Mindestens sechs Gläser Kölsch jeder. Auf ex. Grölend waren sie dann nach Hause gezogen durch die halbdunkle Straße. Auf das Schimpfen der Alten von gegenüber hatten sie bloß verächtlich ausgespuckt. »Wir halten Deutschland sauber«, hatte Thomas gerufen. »Die Sautürken müssen raus!«

Ja – jetzt kann Volker erkennen, was da in der Toreinfahrt vor sich geht. Am Boden liegt einer, strampelt mit den Beinen. Versucht verzweifelt, sich gegen die beiden Angreifer zu wehren. Eine innere Stimme rät Volker wegzulaufen. Einer in seinem Kopf sagt: Du bist Amateurboxer. Vor zweien läufst du nicht weg. Auch wenn es Türken sind. Die Stimme aus seiner Magengegend sagt: Die haben Messer. Türken haben immer Messer. Das weiß man. Die Stimme aus seinem Mund sagt unvermutet: »He, ihr Türkenpack. Laßt den Jungen in Ruhe. Zwei auf einen ist feige.«
Die Stimme aus seinem Mund klingt Volker erschrekkend fremd. Auf seinen Stimmbändern muß so etwas wie Schneematsch liegen. Nachdenken kann er nicht mehr. Da ist einer der beiden Schläger schon bei ihm. Die Faust trifft Volker unter dem linken Auge und läßt den Kopf nach hinten fliegen. Er taumelt, hält sich mit der Hand irgendwo fest. Mörtel rieselt zwischen seinen schweißnassen Fingern. Das Keuchen hört nicht auf. Aus dem Dunkel schießt zum zweiten Mal diese Faust auf seinen Kopf zu. Volker duckt sich, fängt sie ab, wie er es in seinem Verein gelernt hat. Eine rechte Gerade landet in der Magengegend des Türken. Sein Gesicht kommt auf Volker zu. Ein helles Gesicht mit einem spärlichen blonden Schnauzer.
»Idiot«, röchelt der Mund unter dem blonden Schnauzer. »Wir wollten der Türkensau ordentlich einheizen. Und da kommst du dazwischen.«
Wieder fliegt die Faust auf sein Gesicht zu, erneut wehrt Volker ab. Mechanisch und ohne ganz bei der Sache zu sein. Das müssen doch Türken sein, denkt es in seinem Kopf. Die Stimme klang aber sehr deutsch. Da landet ein Volltreffer an seiner linken Schulter. Der reißt ihn in die Wirklichkeit zurück. Voller Zorn verbeißt er seinen Schmerz und läßt einen Wirbel von Fausthieben auf seinen Gegner aus dem Dunkel prasseln.
Als plötzlich das Flurlicht aufleuchtet, ergreifen die beiden Schläger die Flucht. Eine dunkle Männerstim-

me ruft aus dem Hauseingang. Volker versteht nicht. Der Junge mit der blutenden Nase und den schwarzen Locken antwortet stockend. Sein Atem pfeift. Er wird nicht viel jünger sein als Volker. Siebzehn vielleicht. Und Türke. Volker wischt den Schweiß von der Stirn, fühlt die Schwellung unter dem Auge.
»Ich bin Hassan«, sagt der türkische Junge. »Danke, daß du mir geholfen hast.«
Zum ersten Mal drückt Volker eine türkische Hand. Wenn Ingolf das erfährt, denkt er und mag den Gedanken nicht zu Ende bringen. Sie fühlt sich normal an. Wie die von Thomas oder Stefan. Ein dünnes Rinnsal läuft Hassan aus der Nase über die Oberlippe, tropft irgendwo rot unter ihm auf den Boden. Volker greift in seine Hosentasche und nestelt ein schmuddeliges Papiertaschentuch hervor. Behutsam tupft er dem türkischen Jungen das Blut von der Oberlippe.
Da ist der Mann zu der dunklen Stimme von eben bei ihnen. »Mein Vater«, sagt Hassan und lächelt Volker an. Dann sagt er hastig einige Sätze, die Volker nicht versteht.
»Komm mit«, sagt der Vater und faßt Volker höflich, aber bestimmt am Arm. Widerstrebend läßt er sich von Hassans Vater mitziehen. Im Schein der trüben Flurleuchte sieht er dessen rundes Gesicht. Unter buschigen Brauen blitzen zwei freundliche Augen. Der riesige Schnauzbart läuft in zwei gezwirbelten Spitzen aus, die nach oben gedreht sind.
»Komm«, sagt die dunkle Stimme noch einmal und läßt seinen Arm los. Er sieht aus wie ein Gewichtheber, denkt Volker und steigt hinter dem Vater die Treppe hoch. Im Treppenhaus riecht es nach Kohl. Typisch, denkt Volker. In Türkenhäusern stinkt es immer so. Wo die wohl ihre Schafe schlachten? Im Keller? Oder in der Garage? Neulich hatte er es in der Illustrierten gesehen. Drei Türken in der offenen Garage mit einem toten Schafsbock auf dem Tisch. Aus dem aufgeschnittenen Hals lief Blut in einen Eimer herunter. Das machen

die so. Ich habe es mit eigenen Augen gesehen. Von oben ruft eine Frauenstimme ins Treppenhaus hinein. Knapp antwortet der Vater und stapft hinauf.
Mindestens zehn Paar Schuhe sind fein säuberlich vor der Wohnungstür aufgereiht. Die kleinen Schuhe stehen auf der linken Seite. Nach rechts werden sie größer. Ein schmales Gesicht sieht Volker mit großen Augen an. Türkische Worte wechseln hin und her.
»Das ist meine Mutter«, sagt Hassan und tritt verlegen von einem Bein aufs andere. »Sie kann kein Deutsch.«
Sie trägt gar kein Kopftuch, denkt Volker. Ihre dunklen Haare sind zu einem festen Zopf geflochten, dessen Ende ihr weit über den Nacken hinunterfällt. Über dem langen schwarzen Rock trägt sie einen rosafarbenen Pullover. Im Wohnzimmer hört Volker Stimmen aus dem Fernseher. Drei kleinere Kinder sehen ihn mit dunklen Augen neugierig an.
Volker steigt ein mulmiges Gefühl in der Magengegend auf. Wo bin ich gelandet? Die Frau lächelt ihm zu. Mit der Hand macht sie eine einladende Bewegung zum Diwan – so nennt man das wohl – hin.
Im Fernsehen läuft »Dallas«. Ach ja, es ist Dienstagabend. Zögernd setzt Volker sich auf das weitausladende Sofa, versinkt fast in den weichen Polstern. J.R. lächelt gerade sein süffisantes Lächeln. Die Kinder schwatzen und lachen miteinander, deuten immer wieder auf Volker. Einer von ihnen hat rotblondes Haar. Merkwürdig, denkt Volker. Sieht bald aus wie der kleine Bruder von Sabine.
Während Hassan mit seinem Vater spricht, geht die Mutter hinaus. Wenig später trägt sie auf einem großen weißen Teller Hackfleischbällchen herein.
»Köfte«, sagt sie leise und macht mit der Hand eine Bewegung zum Mund. »Essen. Köfte gut.« Dabei strahlen ihre Augen. Wieder geht sie zur Küche hinüber. Vorsichtig blickt Volker sich im Wohnzimmer um. Hinter ihm über dem Sofa ein Wandteppich. Kuppeln sind darauf zu sehen und Minarette. Die Farben sind

grell. Der tiefblaue Himmel fällt ihm besonders auf. »Ist Ankara«, hört er die dunkle Stimme sagen. »Wir kommen aus Ankara.«

Als die Mutter mit dem Samowar hereinkommt, die Teegläser mit den kleinen Silberlöffeln auf den Tisch stellt, ist Volkers Befangenheit einer wachsenden Neugier gewichen. Gespannt beobachtet er die schmalen Hände der jungen Frau, die geschickt den Tee zubereitet. Wie alt sie wohl ist? Sie hat ein hübsches Gesicht, zu dem Volker immer wieder hinsehen muß.

»Mein Vater will sich bei dir bedanken, weil du mir geholfen hast«, sagt Hassan in seine Gedanken hinein. Da nimmt der Vater Volkers Hände, faßt sie mit beiden Händen und schüttelt sie kräftig. Ausländer raus! Das habe ich gesprüht, denkt er. Sein roter Kopf verrät ihn nicht. Das kann auch die Freude über den unerwartet heftigen Dank sein. Oder der schwarze Tee, der ihm hochsteigt.

Zaghaft steckt er dann eines der Fleischklößchen in den Mund. Knoblauch, na klar! Mit spitzen Zähnen kaut er darauf. Schmeckt aber nicht einmal übel.

Er langt noch einmal zu, ein drittes Mal. Mit sichtlichem Vergnügen bemerkt es die Mutter. Schließlich trägt sie ein helles Holzkistchen herein. Durchsichtige, puderzuckerbestäubte Würfel liegen darin. Ihm bleibt nichts, als zuzugreifen.

Türken raus! Dieser dämliche Ingolf hat noch nie in seinem Leben einen richtigen Türken aus der Nähe gesehen. Aber groß rumreden, das können sie alle. Wenn die wüßten, was ich weiß. Wenn die..., aber dazu sind die alle...

Hassan nötigt ihm ein zweites Stück Lukum auf. Sehr, sehr süß, denkt Volker. Er fühlt den Schmerz im Backenzahn, aus dem ihm kürzlich die Plombe herausgefallen ist.

»Vor der Toreinfahrt haben sie mich in die Zange genommen«, sagt Hassan. »Einer kam von rechts, der andere von links. Sie rempelten mich. Dann stellte mir

der eine ein Bein in den Weg. Ich stürzte und schon waren die über mir.«
Hassan faßt an die geschwollene Nase. »Ich kannte keinen der beiden. Ich weiß nicht, warum sie das getan haben.«
Vater und Mutter unterhalten sich türkisch. Ab und zu zeigt der Vater mit dem Finger auf Volker, klopft ihm immer wieder auf die Schulter. Mit der Linken zwirbelt er sich vergnügt den Schnurrbart. Volker erzählt von sich. Daß er vom Boxtraining gekommen sei und irgendwelche Laute aus der dunklen Toreinfahrt gehört habe. Daß er an türkische Schläger gedacht hat, die einen deutschen Jugendlichen verprügelt haben, verschweigt er.
»O Mann, meine Sporttasche!« Volker springt auf, stößt dabei mit dem Knie an den Tisch. Seine Gastgeber sehen ihn verwundert an.
»Ich habe meine Sporttasche da draußen irgendwo stehen lassen. Hoffentlich ist die nicht weg.«
Hassan erhebt sich ebenfalls. »Ich komme mit. Wie heißt du eigentlich?«
»Volker.«
Er gibt erst der Mutter, dann dem Vater die Hand.
»Der Tee hat mir gut geschmeckt«, sagt er. »Vielen Dank.«
Die drei Geschwister Hassans winken ihm nach, als er den Raum verläßt. Den Abspann von »Dallas« in den Ohren betritt Volker das Treppenhaus. Neben ihm Hassan. Weiter unten kommt ihnen ein Türke entgegen mit einer Aktentasche unter dem Arm. Verwundert sieht er Volker an. Hassan sagt etwas auf türkisch. Dann sind sie auf der untersten Treppe. Links in den Torweg, dann noch einmal links. »Sie steht noch da«, atmet Volker hörbar auf. »Meine Uhr steckt nämlich in der Seitentasche. Die Turnschuhe wären nicht so schlimm gewesen.«
Volker tut so, als sähe er die Parolen an der Wand hinter ihm nicht. Hassan begleitet ihn bis an die Ecke der Hauptstraße. Dort hält er inne. Streckt die Hand aus. »Sehen wir uns noch?« Volker zuckt mit den Achseln.

Er denkt an Ingolf und die anderen. »Türkenfreund!« gellt es ihm in den Ohren. Ingolfs hämisches Grinsen steht dicht vor ihm. Er gibt sich einen Ruck. »Meinetwegen«, sagt er dann. »Wo?«
Ein Laster donnert an ihnen vorbei, daß der Windzug die Haare hochfliegen läßt.
»Ich bin fast jeden Abend in unserem Verein«, sagt Hassan, als der Lärm abgeklungen ist. »Das ist in dem früheren Buchladen an der Dellstraße, weißt du?«
Volker nickt. »Mal sehen, ob ich Zeit habe. Zweimal in der Woche muß ich zum Boxtraining. Und für die Schule ist auch noch reichlich zu tun. Aber wenn es geht, komme ich.«
Hassan gibt ihm die Hand. »Noch mal: danke. Übrigens – in unserem Verein sind nicht nur Türken. Ein paar deutsche Jugendliche kommen auch ab und zu. Einer heißt Horst, Horst Mertens. Kennst du den? Der ist so alt wie du.«
Volker schüttelt den Kopf. »Nie gehört!« Dann dreht er sich um und geht die hellerleuchtete Hauptstraße entlang nach Hause.
»Kennst du den, wo sich zwei Türken treffen?« Ingolf grinst ihn an, als sie am nächsten Morgen vor der Schule zusammentreffen.
»Laß mich in Ruhe!« knurrt Volker.
»Ach, der Herr haben wohl schlechte Laune, wie?« Ingolf läßt ihn nicht in Ruhe. »Du bist doch sonst für Türkenwitze zu haben, oder?«
Volker macht eine abwehrende Handbewegung. »Halt die Luft an, oder es gibt Dickes.«
Schweigend marschieren sie weiter, die Schultaschen unter den Arm geklemmt wie gestohlene Gänse. An der Ampel werden sie vom Rot gestoppt. Ingolf zischt kaum hörbar: »Also, da treffen sich zwei Türken und der eine ...«
Wütend sieht Volker seinen Klassenkameraden an. Dann überquert er trotz des Rotlichts die Straße und läßt Ingolf verdutzt stehen.

»Na, der hat sie wohl nicht mehr alle«, sagt Ingolf und kratzt sich mit der freien Hand am Kinn.
In der ersten Pause kaut Volker lustlos auf seinem Frühstücksbrot herum. Immer wieder sieht er zu der kleinen Gruppe von Mitschülern hinüber, die sich angeregt unterhalten. Schließlich geht er langsam auf sie zu. Dem einen tippt er vorsichtig auf die Schulter. Er trägt einen blauen, verwaschenen Parka. »Du Horst, kannst du mir sagen, was Köfte ist?« Der Angesprochene blickt auf, als traute er seinen Ohren nicht. »Was sagst du da?«
»Köfte«, wiederholt der unbeirrt. »Was ist das?«
Horst Mertens will sich schon wieder umdrehen, vermutet einen schlechten Scherz von Volker, der zu Ingolfs berüchtigter Clique gehört. Da faßt Volker ihn am Ärmel.
»Nein, ernsthaft. Ich hab gestern abend sogar welche gegessen. Was ist das für ein Fleisch?«
Ein Grinsen macht sich auf Horsts Gesicht breit. »Du hast..., du willst sagen..., du... Das gibt es doch gar nicht.« Horst wendet sich zu den anderen um. »Der Türke hier – der stinkt vielleicht nach Knoblauch.«
Lauthals lacht Horst den verdatterten Volker an, stößt ihm gegen die Schulter.
»Das mußt du mir erzählen«, brüllt er, daß es über den halben Schulhof zu hören ist. »Das interessiert mich.« Dabei klatscht er sich vor Vergnügen auf den Oberschenkel. Volker wird rot. »Mußt du so laut schreien?«
»Aber klar doch«, grinst Horst und redet schon wieder ganz normal. »Ich freue mich so, daß du ein neuer Mensch geworden bist. Ein Stückchen neuer Mensch, jedenfalls.«
Horst rückt seine randlose Brille zurecht und sieht Volker ernst an. »Ehrlich«, sagt er dann. »Ich freue mich darüber.« Leise fragt Volker: »Gehst du heute abend in den Verein, diesen türkischen Verein?«
Horst nickt. »Woher kennst du den? Ja, ich bin heute abend da.«
Volker faßt sich ans Ohrläppchen. »Kann ich mal mit?«

Eine kleine Geschichte zum Thema Glück

Wir befinden und auf hoher See. Die Bordkapelle spielt. Die elegant gekleidete Gesellschaft schwebt kunstvoll über das Parkett. Die Stimmung ist hervorragend. Da sehe ich die beiden: den kleinen Mann mit seinem pechschwarzen Haar und den Jungen, der auf seinem Schoß sitzt. Der Vater schaut sehr heiter auf die tanzenden Paare, der Kleine lächelt vor sich hin. Manchmal wenden sie sich einander zu, flüstern sich Worte ins Ohr und lachen.
Da bemerke ich, daß der Vater den Jungen streichelt, zart und liebevoll und immer an derselben Stelle –, während der ganzen Zeit, in der ich den beiden zuschaue. Er streichelt den Armstumpf seines contergan-geschädigten Jungen. Und beide scheinen glücklich, sehr glücklich zu sein.
Das Glück liegt nicht in den Dingen und nicht in den Um-Ständen. Es liegt darin, wie unser Herz die Dinge und Um-Stände sieht, sich zu eigen macht, sie handhabt.

Uwe Böschemeyer

Quellenverzeichnis

S. 13:
aus: Bertelsmann Universallexikon 1997, mit frdl. Genehmigung des Lexikon Verlages, Gütersloh.

S. 14ff.:
Infos frei nach: »Wegzeichen, Initiativen gegen Rechtsextremismus und Ausländerfreindlichkeit«, hg. von C. Rajewski/Adelheid Schmitz, Arbeitsstelle für Neonazismus FH Düsseldorf, Verein für Friedenspädagogik Tübingen, S. 96 ff., »Chip-Generation«.

S. 21: (Zeichnung):
© Erich Rauschenbach und Vito von Eichborn GmbH & Co. Verlag KG, Frankfurt am Main.

S. 23f.:
Aus: Einprägsame Erziehungsratschläge – Faltblatt der Diakonie, Düsseldorf o. J.

S. 25:
aus: Leo Buscaglia, Leben lieben lernen. Alle Rechte an der deutschsprachigen Ausgabe beim Wilhelm Goldmann Verlag GmbH, München 1991.

S. 31, 56:
© United Features, New York.

S. 32-35:
Interviews an der Berufsschule in Gummersbach-Dieringhausen im Januar 1996.

S. 44:
aus: Hanns Dieter Hüsch, Das Schwere leicht gesagt, Thomas-Verlag, Düsseldorf 1992^2, 45.

S. 51f.:
SPIEGEL-Dokumentation Outfit 3/1994.

S. 66f.:
nach Jörg Zink, Regeln für die Einübung ins Leben, aus: Die Mitte der Nacht ist der Anfang des Tages, Kreuz Verlag, Stuttgart 1968, 39f.

S. 68:
aus: Herausforderungen 1, Schroedel Verlag GmbH, Hannover 1984, 199.

S. 76f.:
aus: Frauke Hunfeld, Ecstasy – Im Taumel der Gefühle, Stern Nr. 38/94, 18ff.

* Trotz intensiver Bemühungen ist es nicht in allen Fällen gelungen, die Rechtsinhaber der Texte bzw. Abbildungen ausfindig zu machen. Für Hinweise ist der Verlag dankbar. Rechtsansprüche bleiben gewahrt.